竜馬を斬った男

早乙女　貢

集英社文庫

目次

竜馬を斬った男

竜馬を斬った男

柳絮《りゅうじょ》片々

一

大戸を閉めたばかりのところに、耳門《くぐり》からぬっと入って来た武士がある。文久《ぶんきゅう》三年（一八六三）四月上浣《じょうかん》、青葉どきの濃い闇《やみ》の夜である。攘夷《じょうい》党《とう》の浪士が横行して乱暴狼藉《らんぼうろうぜき》が頻発するので、近頃《ちかごろ》はどこも早く店仕舞する。この室町《むろまち》一丁目の太物《ふともの》問屋 柊屋《ひいらぎや》も丁稚《でっち》が大戸をおろして、耳門にも心張棒をかろうとしたとき、風のように、その覆面の武士が飛びこんで来たのであった。

続いて二人。いずれも羽織なしの、よれよれの袴《はかま》を穿《は》いた浪士風の人体《にんてい》である。小僧は蒼《あお》くなって、奥へ飛んでいった。

「何の御用でございましょう、主人はもう臥《ふ》せっておりますので、手前が……」

と、五十がらみの番頭がおびえた顔で出て来た。揉《も》み手《て》をしながら、へらへら笑いをした。

「あの、なるべくなら、明朝にでも改めて」

「番頭か、きさま」と、先に入った頭巾《ずきん》の男が頭ごなしに威嚇《いかく》した。「きさまが、主人のかわりか?」

「……いえ、そういうわけではございませんが、主人はその、一寸《ちょっと》、からだを悪くして臥せっておりますので、てまえが御用を承りとうございます」

「主《あるじ》にな、買《こ》うて貰《もら》いたいものがある」

風呂敷《ふろしき》にくるんだ西瓜《すいか》ほどのものを、どんと上《あが》り框《かまち》に置いた。

「これは? 何でございましょう」

「面白いものだ。安いぞ、たったの二百両だ」

「きさまも日本人なら、黙って買うがいい」腕組みしたうしろの男が吼《ほ》えるように言った。もう一人の男は、髭面《ひげづら》を撫《な》でながら、ちらちら耳門のほうを見ている。

「本来なら、われら攘夷の志士には文句なしに献金せねばならンのだぞ。しかし、それではきさまのほうでも大変だろうから、こうして品物を持ってきたのだ。二百両の価値はある……」

にやりと、意味あり気に、頭巾のなかの目を笑わせた。その手が、風呂敷の結び目を解いている。

あらわれたものを見ると、げッと、番頭は咽喉《のど》で叫んで、のけぞった。

生首なのだ。それも異人の首。ぷんと異臭が匂《にお》った。

「どうだ、珍品じゃろう、二百両では安かろう」

玉蜀黍《とうもろこし》のような赤毛が額に乱れて、灰色の瞳《ひとみ》が、凝《じ》っと番頭を見あげている。頸《くび》の切り口に巻いた血どめの布は蘇芳染《すおうぞめ》のようになり、まだ斬《き》ってから、それほど時間も経《た》っていないとみえ、ぶくぶく血ぶくが吹きだしている。

「二百両では安いと思うなら、三百両にしても異存はないぞ」

どっと三人は笑った。

攘夷は幕府が通商条約に署名してから、反幕勢力、いわゆる不逞《ふてい》浪士たちのスローガンになっている。数年前の蘭人《らんじん》ヒュースケン殺し以来、頻々として異人の殺傷沙汰《ざた》が起っている。

無論、幕府当局は躍起になって犯人を追及し警護の人数を増やしているが、下り坂になった幕府の威令は無視され勝ちだった。

柊屋の番頭は恐怖で真ッ蒼《まさお》になり、目が吊《つ》りあがっていた。がたがたと総身を震わせて声も出ない様子だ。

この不逞浪士たちには予期した通りだ。

「どうした？　おい、金冷えで風邪《かぜ》を引きこんだか」

「と、とんでもございません。てまえどもには、と、とても、そのような大金は……」

「無いとか？　たった二百、いや三百両」

「あるさ」と、こともなげに頭巾は言い、ぎらりと大刀を抜いた。「金蔵の錠前をあけるのを手伝ってもいいぜ」

また三人は声をあわせて笑った。

そのとき、耳門のそとで激しく喚《わめ》く声がしたと思うと、誰《だれ》か倒れる音がして、すっと、一人の武士が入って来た。

その男が表口に見張りしていたなかまではなかったので、土間の三人は、自然と、敵対の姿勢になった。

「怪しいと思ったが、やはり強請《ゆす》りだったな」

と、その男は、すばやく上り框の毛唐首を見て言った。

羽織袴の身なりの整った武士である。上背もあり恰幅《かっぷく》もいい。猛々《たけだけ》しく削《そ》いだような鼻梁《びりょう》と、光る両眼が並々ならぬ威光を感じさせたが、

「なんだ、きさま！」

髭面が、虚勢を張り左手で鯉口《こいぐち》を握って喚いた。もう一人の男も腰を落して、ななめに抜刀のかまえになっていた。

「おぬしたちこそ、何者だ」

問い返す武士の言葉には笑みが含まれている。

「夜分、商家に押入って毛唐の生首で強請るとは、言語道断な所業だの」

「黙れ、われらは浪人奉行輩下の三百人組の者だ、攘夷のための軍資金を集めている」

「申すな、浪士組の名を騙《かた》る盗賊ども！」

かっとしたようにその武士は叫んだ。

「組士で、おれを知らぬとは」

「なに⁉」

「浪士組取締出役佐々木只三郎《ささきたださぶろう》の顔を知らぬかッ」

二

攘夷浪士に名を藉《か》りての強請りである。三人三様に態度が変った。髭面の男は、只三郎の名を知らなかったとみえ、怪鳥《けちょう》の叫びをあげて無謀にも抜き討ちに斬りこんできた。

むろん、その一刀は、虚《むな》しく流れて、只三郎に腕を抱えこまれたにすぎない。

「近頃市中に多い強請りはうぬらだな」

只三郎の浅黒い精悍《せいかん》なおもてに、怒りが走った。

「やれ！　早く」

髭面は意外だったらしく、もがきながら、なかまを呼んだ。もう一人の男はすでに逃げ腰になっていたが、只三郎が右手で髭面を押えているのを見ると、

「なんの、こいつ!!」

我武者羅に斬りこんでいる。

「おう!」一瞬、只三郎は身をひねって、鉄扇で受けるや、髭面のからだを、ぱっと突き飛ばした。

三人のなかで、頭巾の男だけは最初の気勢もなく、抜刀をひいて逃げだそうとしていたのである。突き飛ばされた髭面が倒れかかって折り重なって、土間に転がった。

左手の鉄扇で受けとめるのと、剛刀が鞘《さや》走《ばし》るのが、殆《ほとん》ど同時だった。只三郎の腰から滑りでた一刀は、鮮やかに胴を割って流れていた。

柊屋の番頭や小僧には、目にもとまらぬ一瞬のことである。血が飛沫《しぶ》き、どっと巨体が土間に這《は》ってから、はじめて只三郎の手に衂《ちぬ》られた刃が握られているのを見た。

「うぬ、浪士組も別手組も知ったことか」

髭面は身を起しざまに、片膝《かたひざ》ついたまま掬《すく》いあげるような一刀を送った。

只三郎は三尺飛びあがった。片手殴りの血刀が一閃《いっせん》した。

耳門を背にして、すくっと立ったとき、髭面は脳漿《のうしょう》の吹きだした頭を土間につけて、こときれていたのである。

なかま二人とも一撃で仆《たお》されたのを見ながら、逃げだせぬ頭巾の男は、青眼にかまえてじりじり後退《あとずさ》りしている。

「ほう、やるの……」

只三郎は、ゆっくりと下段につけて、あっと目を瞠《みは》った。

——精武流だ、こやつは？

精武流は一刀流から出ているが、使い手が極めて少ない。示現流が薩摩《さつま》の表芸《おもてげい》であるように、精武流は小野派一刀流とともに会津藩《あいづはん》で重用されているだけに、他藩士でこの型を使う者は珍しい。

——こやつ、会津の？……

只三郎が目を凝らしたとき、

「とう！」死物狂いの突き。必殺を双手《もろて》にこめて、頭巾の男は飛びこんで来た。

ガッ、と鋼《はがね》が叫び、一方の手からはなれた白刃が、宙に弧を描いて、生首のそばへ、ぷっつり刺さった。

「う、う、狗鼠《くそ》！」

両手がしびれて、再び土間に転った頭巾の男は、すばやく、心張棒を拾って、右八双にかまえ、「おーうりゃッ」つつーッと二尺進み、一尺退《さが》り、「やーっ」とおめくや、ひゅっと目を突くと見せて、さっと退《ひ》く左八双。

香取流棒術の極意必勝とされている乱懸《らんけん》の一つである。

——出来る！

剣より、棒の方が得手と見える。

只三郎は内心舌を巻いて、下段の剣先をひきながら、一気に勝負を決する誘いの隙《すき》を見せた。

棒と剣では、長びけば前者が有利だ。軽いうえに千変万化の働きが出来る。両端は槍《やり》となり、或《ある》は剣となり、上達すれば赤樫《あかがし》の棒で厚重《あつがさ》ねの剛刀を打ち折ることも可能である。

只三郎の愛刀は古刀の上作、粟田口国綱《あわたぐちくにつな》だ。かなり反りがふかいし、年代ものだから鋩子《ぼうし》が細くなっているが、実戦用で腰はしっかりしている。この程度の棒術なら恐れるにあたらない。

――だが、こやつは?……

と、ふっと隙間風が吹きこむように、疑惑が、脳裡《のうり》に翳《かげ》を落した。

――精武流を使い、また香取流の……

「ああ……?」思い当るものがあった。

愕然《がくぜん》とした。その動揺を、（一弾指の間にすぎなかったが）頭巾の男が看過しようはずがない。

「おーりゃッ」

五尺の棒が、鋭い槍と化して、只三郎の胸に走った。

一歩退って、薙《な》ぎ払《はら》う。瞬間、棒が宙に浮くや、頭巾の端を翻して、耳門から、往来へ姿が消えた。

月があるはずだったが、雨雲が垂れこめて濃く、重い春の闇に塗りこめられた空であった。

三

あら……と、柳眉《りゅうび》をひそめて、おえんは袂《たもと》で半面を蔽《おお》った。

「血が……」

「何処に?」

こわごわ、しなやかな指が袴をさした。

なるほど、仙台平《せんだいひら》の袴の裾《すそ》に、血飛沫《ちしぶき》が、わずかながら染まっている。髭面を斬り下げたときについたのだろう。

「ははは、犬の血だ」

と、只三郎は、笑って、手拭《てぬぐい》でふいた。が、もう布地に染みてしまっていた。

返り血を浴びた羽織は柊屋が始末してくれるというのであずけた。下着からそっくり、お礼に進呈するということわって、白足袋だけ穿き替えて来たのである。

「ほんとうに犬なんですの?」

「ははは、犬みたいなものだ」

と、また笑いとばして、只三郎は、その手拭を、てすりのそとへ投げ捨てた。

そとは、すぐ下が掘割になっていた。深川《ふかがわ》永代寺門前町富岡八幡に近い料理屋〔松葉〕の裏座敷である。

灯かげをうつした水は、藍瓶《あいがめ》のなかのようにふくれあがってゆらめいている。満ち潮なのか、障子をあけはなした座敷にいると夜気がねっとりと潮の香によどんでいるのがわかる。

鳴物御禁止のお触れが出ていたが、無粋な客が強《し》いているのであろう、張りのない三弦の爪弾《つまび》きが聞えていた。

「深川には口三味線の出来る女が居ないのか、シケたところだの」

「おあいにくさま」と、おえんは、優しくにらんで、

「お客がお客ですからね、まともに糸に合わせられるような咽喉のお客も辰巳《たつみ》には来ませんとさ」

「羽織芸者の口車には乗せられてもな……」

「あら、お門違いじゃありません？」

おえんは身をよじって、つんと膝を小突く。

その、しなやかなからだを抱きよせて、しかし、只三郎の心はべつのことを考えてい

るのだった――

――精武流の剣と、香取流の棒……

このふたつを使う男……

只三郎は、故友亀谷喜助を思いだしていた。

亀谷喜助は――いや、この男のことを述べる前に、只三郎の家系をふりかえって見よう。

佐々木家は累代、会津藩主松平侯《まつだいらこう》に仕えて、その祖を、藩祖正之《まさゆき》の忠臣伝のなかに見いだすことが出来る旧家である。以来数代に亘《わた》って会津藩二十三万石の社稷《しやしよく》を支えてきたが、只三郎の祖父に嗣子が無く、よって、藩の重役手代木《てしろぎ》家から源八郎《げんぱちろう》が養嗣子に入り、四子をもうけた。

即《すなわ》ち長子を直右衛門勝任、次子を主馬、四子を源四郎といい、只三郎は三男に生れている。

養家帰りの慣しで、長子直右衛門勝任は出《い》でて手代木家を嗣《つ》ぎ、佐々木家は次子主馬が継続することになった。

只三郎は、そうした責任のない気楽な三男坊のせいもあり、幼少から剣に励むことが出来た。兄弟中でもぬきんでた体軀《たいく》と、めぐまれた才能で、筆頭家老西郷頼母《さいごうたのも》をして、

「将来、必ずや二十三万石を担える男だ」

と、期待されていた。

幼にして眼光鋭く、素面素籠手《すめんすこて》で組太刀をやるとき、相手はいずれも畏怖《いふ》して、真剣で対戦するかのような気魄《きはく》を感じたという。

才智《さいち》と勇気は屢々《しばしば》、人間を驕慢《きょうまん》にする。長兄、次兄を凌《しの》ぐ腕を備えて、発明な彼は長ずるに及び、不遜《ふそん》な言動があるようになり、心ある者をして顔をそむけさせることが尠《すくな》くなかった。

西郷頼母と並称される会津の柱石萱野権兵衛《かやのごんべえ》は、あるとき源八郎にむかって、

「言い難いが、只三郎どのには不逞の陰影《かげ》がある。乱臣賊子と成らぬよう、充分の訓育が必要と存ずるが」

と、忠告したことがあったほどだ。このときも、しかし西郷頼母は、

「英雄と奸雄《かんゆう》は、その立場によって、差が生ずる。お家大切の一事のみ知れば、ことたり得る」

と、権兵衛の慎重のあまりの予言を一蹴《いっしゅう》して、

「お家のための忠臣、敵にとっては奸臣。それでよろしい。毒にも薬にもならぬ男が奥羽には多すぎるでな」

佐々木只三郎の幼少時の人と為《な》りは、右の二人の評をもって全貌《ぜんぼう》を窺《うかが》うに充分であろう。

善に向えば善に強く、悪に走れば、悪に猛く——その執《と》るところいずれにせよ、一方の雄となるであろうことは、誰の眼にも明瞭《めいりよう》に映じていたらしい。

幼時より藩の剣術師範、羽島源太左衛門について精武流を学び、又沖津庄之助より宝蔵院流の槍術《そうじゆつ》の手ほどきを受けた。

手筋が良いというのか、いずれも元服後ほどなく免許皆伝となり代稽古《だいげいこ》をつとめるほどになった。後年、その剣技と智謀《ちぼう》のほどは幕末暗殺史のなかに大きな役割を占めて、人口に膾炙《かいしや》されているが、槍術に就いては腕前のほどを窺い知る事件がない。

しかし、「会津剣客備要」には、

「佐々木唯三郎《ただざぶろう》ハ長槍ヲ克《よ》クシ、ソノ技剣ニモ劣ラズ」とあり、さらに大原荘客「手代木直右衛門伝」を繙《ひもと》くに、

「総角の頃より既に槍剣の奥儀に達し云々《うんぬん》」の文字を見る。総角とは、少年の髪かたちから転じて、少年の称《い》いである。

よしや文飾の誹《そし》りは免れぬとしても、槍術にも長じていたことは推測に難くない。

四

——亀谷喜助。

只三郎の波瀾《はらん》の生涯に奇妙な翳を投げかけたこの男は、一つ歳下《としした》の天保《てんぽう》五年（一八三

四）の生れである。

天保甲午歳というと、凡《およ》そ不景気な年で、正月から陸奥《むつ》八戸《はちのへ》で百姓一揆《いっき》が起り米価騰貴に加えて江戸大火、江戸千住《せんじゅ》の打ち毀《こわ》し、大坂大火等々の不祥事が続いた歳で、凶作続きの東北では間引きが公然と流行した。

亀谷の家は足軽で、打ち続く凶作に半知減らしや、お借上げで困窮しているところに生れた子である（喜助は九男であった）。危うく間引きされるところだった。いな、一度は死んだらしい。産婆も頼めず独りで産み落すと、母は産褥《さんじょく》で嬰児《えいじ》の首をしめた。ぐたりとなった嬰児は板の間から土間の水瓶《みずがめ》の中へ落ちた。冷水で蘇生《そせい》したのか、火のついたように泣きだしたそうである。

その、生きる権利を主張するかのような泣き声に、あわてて水瓶から救いあげると、もはや咽喉に手をかけることは出来なかったという。

そのとき水瓶のふちで打った痕跡《こんせき》が、喜助の左の耳に残っていた。ひしゃげて頭に張りつき、そのせいか、成人後も、しなびた耳朶《じだ》が痩軀《そうく》の彼を、より貧相に見せていた。

「飢饉《ききん》に生れたせいだ、無理もない」

幼時の喜助のあだ名は――こけ雀《すずめ》の喜助である。耳こけ雀であり、痩《や》せこけ雀の意もあった。

髪は赤毛で、ばさばさに切れて髷《まげ》も満足に結えなかった。頰骨《ほおぼね》が突出して、目性が悪く、睫毛《まつげ》が刺すので白眼がいつも充血していた。その目がきょときょとと食物を探すかのように落着きなく動いていた。

そうした生れの、そうした育ち方だったせいか、彼には、見かけの貧弱なくせに雑草の根強い逞《たくま》しさがあった。剣と棒の技に長じたのも、貧苦からの脱出と、飽くなき出世の野望にすべてを打ち込んだからである。

只三郎の許婚《いいなずけ》、林又三郎の妹ぬいに言い寄ったのも、想《おも》いを懸けた、というより、出世の手段として近寄った、と見るのが妥当であろう。

父の林権助（家禄《かろく》五百石）は代々会津松平家の直臣であり、大砲奉行であり、縁戚《えんせき》に仕置役がいる。

階級差がせばまり、機会均等の実力主義の時代が来つつあったが、しかし尚《なお》、身分差の厳しい時代だけに足軽の九男、といえば、まず出世は覚つかない。

腕では士分の資格を得た喜助は、林権助の女婿となることによって、陽《ひ》の当る場所に出ようとしたのである。

「御用心なさるがよい、近頃甲賀町に狐《きつね》が出没するそうでな……」

と、忠告する友人もいたし、なかには、

「雀に突つかれてはせっかくの会津米が台無しじゃ、少々収穫には早くとも……」

と、暗に、ぬいのからだをものにしてしまえと不埒《ふらち》を奨《すす》める者さえいたが、只三郎は、女色にわりあい淡白であった。

武辺これを戒しむるに色あり——という訓戒を守ったわけではないが、彼の場合、青雲の志に満ちて、(已れの腕を恃《たの》むのあまり) ぬいの機嫌をとる、などということが無かった。

彼にとっては許婚という関係すらも煩わしかったのである。

その只三郎の武辺ひとすじの態度が、愚かな娘心にはものたりなく感じられたのかもしれぬ。

その間隙《かんげき》に喜助は入りこんだ。どういう甘言を弄《ろう》したか、花の開く季節に傍にいた蝶《ちょう》が機会を得るのである。

安政《あんせい》六年の夏、もろくもぬいは、喜助に肌を許している。いちど男を知ると女は弱い。

事実を知った父は烈火の如《ごと》く怒った。

「不埒なッ、足軽の小倅《こせがれ》めが、娘を!」

鬼の権助の異名のある男である。のちに鳥羽伏見《とばふしみ》戦のときには大砲隊を指揮し薩長土の連合軍を悩ませたのち華々しく討死する豪勇の士だ。

女婿に迎えるどころか、顚末《てんまつ》を耳にするや、追っ取り刀で飛び出そうとするのを家人が足にすがって止めた。

計画が崩れて、事が拡大すると、いかに喜助でももう会津に居《お》れない。その夜、時雨《しぐれ》にまぎれて脱走してしまった。そそのかされたのであろう、ぬいも監視の目をぬすんで出奔した。

惚《ほ》れていたわけでないし、親同士の意志で決められた許婚ではあり、本人は冷静だった事態が、このままで進展すると、まわりがうるさくなる。

林権助は佐々木に対して申し訳に屠腹《とふく》すると騒ぐし、周囲の見る目が変って来た。昨日までの麒麟児《きりんじ》が、恰《あたか》も懦夫《だふ》であったかのように、軽侮と憐憫《れんびん》の情を露《あら》わにする世間の目が、どうにもやりきれなかった。

只三郎も部屋住みである。それだけに喜助の苦衷はよくわかるような気がする。

立身に就て彼も考えるところがあったし、所詮《しょせん》、故郷にあっては機会が少ない。また栄達ばかりでなく、只三郎のような覇気に充《み》ちた者にとって、一流の武芸者が雲集した東都は憧憬《どうけい》の地である。

彼は、お届けして、遊学という名目で、飄然《ひょうぜん》と江戸に出た。只三郎二十七歳の晩秋だった。

——それから四年。

亀谷喜助は杳《よう》として消息を絶っていたが、先刻の強請りは、あまりにも、その特徴を具《そな》えていたのだ。

墨水湫々《しゅうしゅう》

一

――喜助だろうか？　あいつが、強請りをやるほど零落したのであろうか……

まさか、と否定したい気持が強かったが、反証をあげようとすれば、かえって、酷似の点が鮮やかに思いだされて来る。

――あの痩軀、血走った眼、鷲鼻《わしばな》、そしてとがった肩のあたり――

いな、何よりも精武流の剣と香取流の棒の端倪《たんげい》すべからざる妙手。

考えてみれば、三人のうち、あの頭巾だけが刃交せもせずに初めから逃げようとした。

弱いからではない。あれだけの腕前がある。にも拘《かかわ》らず、はじめから闘う意志がなかった。

――おれと知っていたせいに違いない……

とすると、いよいよ亀谷喜助の疑いが濃くなる。

好きでも嫌いでもない、許婚者というだけの、林のぬいのことが、ふっと思いだされた。

――いまでも一緒に居るのだろうか？……

只三郎は遠い眼になった。

「嫌だァ、とれないじゃありませんか」

小桶《こおけ》に水を運ばせて袴の血痕《けっこん》を拭《ふ》いていたおえんが、呆《あき》れたように、言った。只三郎は微笑した。

「気にするな、こんな時世に、一々返り血の始末に青筋をたてていたのでは、江戸の往来は歩けぬ」

「だってこれじゃァ……」

「よいと申すに。それより、こっちへ来い」

只三郎はおえんを抱きよせた。

——この女も……

愛や恋というほどの極限された感情のつながりではない。深川っ子らしい、さらりとした気性が気に入った。相手も只三郎の風貌《ふうぼう》や淡白さに惹《ひ》かれたのだろう、口説きも口説かれもせず客と芸者の席を越え出来合って一年の余になる。

小閑を得るとこの深川の小料理屋〔松葉〕に呼んで遊ぶ。軽く飲むだけのこともあるが三度に一度くらいは泊っていった。

そんな只三郎の淡白さが、羽織芸者の間夫《まぶ》には恰好《かっこう》だったが、やはりもの足りぬものをおえんは感じるのだ。

「攘夷だとか開港だとか、お武家って、どうして意地っ張りぞろいなのかしら」

唇をはなして、おえんは言った。

犬の血、と言っても信じられないのだ。遊び半分にでも犬や猫を斬るような只三郎ではない。

「人を斬ってどれだけいい気持のもンかしら」

「犬だ」

「うそ」

「犬のような奴《やつ》らだ」

「だって人間でしょ」

「犬にも劣るやつらさ」

「…………」

「ははは、女にはわかるまい、気持のよしあしではない。武士は、武士の意地と義理で生きて居る、おれは旗本として……」

と、言いさして、只三郎は口をつぐんだ。

旗本――

只三郎は三年前から幕士になっていた。

江戸には遠縁にあたる旗本の佐々木矢太夫《ささきやたゆう》が居た。その浅草蔵前《あさくさくらまえ》の組屋敷に寄寓《きぐう》して亀沢町の直心影流の道場に通っているうちに、講武所頭取の男谷精一郎《おたにせいいちろう》に見込まれ、「いっそ矢太夫どのの養嗣子になったら」

と、話を奨めてくれた。安政の大地震で嫡子を喪《うしな》っていた矢太夫には渡りに舟だった。

丁度長兄の直右衛門が、房総沿岸警備役から、江戸留守居役に昇進して、在府していたときでもあり、ここに養子縁組が成立し、只三郎は幕臣になったのである。

当時、直参株《じきさんかぶ》を買って名目だけの養子縁組になることが行われていた。勝海舟《かつかいしゅう》の曾祖父や祖父など、座頭から検校《けんぎょう》になり、金貸しで大儲《おおもう》けして旗本株を買ったのだ。だが譜代はそのケースにあてはまらない。佐々木家は軽格ながら三河《みかわ》以来の譜代席で株の売買が認められないのだ。必ず血がつながっていなければ家名が継承出来なかったのである。

「大公儀はいまや、内憂外患のあまり累卵《るいらん》の危うきにある、会津侯に尽くすも大公儀に尽くすも道は一つだ。家名をけがさずにやれよ」

長兄手代木直右衛門は縁組の盃《さかずき》のとき、只三郎を激励して言った。

「藩祖の遺訓を忘れるな。大君の儀一心大切に存ずべく云々と仰《おお》せられている。勤皇にあれ攘夷にあれ、大公儀に従って行動することがわが家の本分と思うていよ」

男谷精一郎の推挙によるものであろう、間もなく彼は講武所の剣術師範に就任した。

そのころから、只三郎の名は、在府の剣士の間に喧伝《けんでん》されるようになったのである。精武流を極めた彼はさらに男谷に就て直心影流の極意をも得、小太刀をとっては、右にでる者が無いと言われるようになっている。

只三郎はいまでは、れっきとした旗本であり、講武所という、幕府のいうならば、陸軍大学か士官学校の教授であった。

「——そうだ」

と、彼はおえんのからだを離して、言った。

「ほかに客はないのか？」

「あたし？　どうして」

「どうというわけではないが……」

「あら、変ですのねえ、お邪魔？」

「うむ」と、只三郎は、微笑して頷《うなず》いた。

「犬の血をよく拭いておかねば、名刀が錆《さ》びるのでな。お前、ほかの座敷から貰いがかかっていないか。遠慮なく、行ってもいいぞ」

「そんなに言われると、かえって居たくなりますよ。ほかのお客なんザ、みんなふって」

「はははは、怖くなければ、いてもいい」

只三郎は、懐紙を咥《くわ》えて、ぎらりと太刀を抜いた。

粟田口国綱、二尺六寸。古刀の上作である。

近頃、復古刀とか称して、無反りの直刀をさして勤皇攘夷を呼号する者が多くなっていたが、実戦には反りの深い方が有利であるし、ことに国綱は切れ味が素晴らしく、厚重ねなので、骨まで断つ。もともと、鎧《よろい》を着ての戦いにふさわしく鍛えられている。兜割《かぶとわ》りなどには、厚重ねの鍛刀でなければ刀のほうが折れたり曲ったりする。

柊屋で一応血のりは拭いたのだが、はばきもとに、ねっとりと血膏《けっこう》が浮いているのを、懐紙で拭いてとっていると、障子のそとで仲居の声がした。客が訪ねて来たのである。

二

「飲んでいるだけだな?」と、男の声がかぶせて、「なに遠慮のない仲なのだ」

言葉通り無遠慮に障子をあけて、大髭、赭顔の武士が入って来た。

同じ講武所の同僚で、浪士隊では取締の速見又四郎《はやみまたしろう》。直心影流の達者である。

「屋敷に行ったら他出したとのことゆえ、ここと見当つけて来たのだが」

と、部屋の中をじろじろ見わたして、

「おえんさんと乳繰りあっていると思ったら愛刀の手入れか。さすがに佐々木只三郎、治にいて乱を忘れず、柳暗花明に在りて剣を忘れずだな、わっははは」

莫迦笑《ばかわら》いが、この男の持ち前である。

「おい、ほめているのか、けなしているのか」

「どっちでもいいさ。や、貴公、ただの手入れではないな」と目ざとく懐紙の血垢《ちあか》を見つけて、

「何を斬って来た」

「む、つまらぬやつだ、犬のような、いや鼠《ねずみ》のようなといったほうがいいな、鼠賊《そぞく》さ、押し込みが浪士組の名を瞞っていたのでな。二人斬ったが……」

一人逃がしたとは、その男が故友に似ているために口に出来なかった。

「ほう、組士ではないのか」

「うむ……違うことはたしかだ」

「そうだろう、近頃、組士で、しきりに攘夷に名をかりて商家を荒しているやつらがいる、その後押しが、例の……」

「おえん、気が利かぬぞ」

只三郎がふいに、又四郎の言葉をさえぎって言った。

「はいはい、気の利いた幽霊なら引っこむところですかしら」おえんは、裾をひいて去りかけたが、障子に手をかけてふりかえった。「速見先生、お話が済んだら呼んで下さいな、連れて帰っちゃいやだから」

「よしよし、色男は残してゆくから、しっぽりと濡《ぬ》れろ。いまさら嫉《や》いても始まらん、恋路の邪魔はせん、心配するな」

「きっとですよ」

にこっと笑って念をおして去った。

「あんな美しい女に惚れられて男冥利《みようり》に尽きるがの。からだが保《も》つまい」

「莫迦をいえ」

「腎虚《じんきよ》になっても腕にひるみは見せぬとか、ははは」

下卑な声で又四郎は笑った。

「ところで、例の件だが」

「清河《きよかわ》か」

「うむ」

「やるか」ぱちっと、鍔鳴《つばな》りさせて、只三郎は言った。

二人の目が、火花を散らすばかりに、宙にからんだ。

「浪士の尻押《しりお》しをして江戸市中の商家を荒すばかりか、またぞろ異人斬りをやらかすつもりと見え、横浜に行きおった」

「横浜に？」

「一刻も猶予はならんぞ」

「異人斬りか、異人なら、おれも斬ってみたいようなものだが」

「おいおい、きさま……」

「ははは」

冗談にまぎらわせながら、只三郎は、柊屋の上り框で見た外人の生首を思い浮べた。

幕末の動乱は権謀術数に終始しているが、策士の暗躍の中で、もっとも智略に長《た》け幕閣を翻弄《ほんろう》した者——即《すなわ》ち出羽《でわ》庄内《しょうない》の清河八郎《はちろう》である。

清河は本名を斎藤元司、いま正明と称し郷士の生れであった。長じて江戸に出て東条塾に学び、後、神田《かんだ》に私塾を開いて、弟子に文武を講じ、勤皇攘夷に奔走していた。

彼は学問ばかりでなく、剣も北辰一刀流千葉《ちば》の玄武館で免許になっているが、才子で山師的な性格を嫌う者が多い。長州の桂小五郎《かつらこごろう》（後の木戸孝允《きどたかよし》）ですら、その日誌に〝出羽の人、清河八郎と交わらず〟と書いている。

新徴組、新選組の母体となった浪士組も、彼の画策によって生じたものであった。

「大赦令を断行し、天下の英才を集めて、攘夷の先鋒《せんぽう》たらすべし」

という「急務三策」なるものを知友山岡鉄太郎《やまおかてつたろう》を通じて、幕府の軍事総裁松平慶永《まつだいらよしなが》に建白したことから、かねがね、浪士の横行に頭を悩ましていた幕府では、建策を容《い》れて浪士募集となった。毒をもって毒を制する手段である。

ところが胸に一物ある清河は、将軍守護の名目で浪士組が上洛《じょうらく》するや、態度を一変し、勤皇運動の先鋒として、これを利用しようとしたのだ。かれの目的は動乱を幸いとして立身出世にある。勤皇も攘夷も、出世の手段なのだ。そこを桂に見抜かれていたのだ。

飼犬に手を咬《か》まれることになる。一驚した当局では、浪士組を江戸に呼び戻してしまった。このとき、東帰を肯《がえん》ぜず、京に残留していたのが、芹沢《せりざわ》、近藤《こんどう》らの後の新選組であった。

「清河斬るべし」

の声が、当局に高まったのは、そのころからだった。

しかし、孝明帝《こうめいてい》の攘夷の御沙汰書《おさたがき》が鷹司関白《たかつかさかんぱく》の手から清河におりているので、幕府では表だって投獄することも出来ない。

板倉《いたくら》閣老の隠密《おんみつ》の指令を、浪士取締出役の佐々木と速見が受け取ったのは、浪士組が東帰する前夜であった。

二条城御番の、高久安次郎、窪田千太郎、中山周助、家永治兵衛が清河暗殺に助力するよう彼等のもとへ派遣されてきた。

「不埒な姦賊《かんぞく》、木曾《きそ》街道で斬ろう」

六人は、道中で、隙を狙《ねら》ったが、二百二十名の多勢の目があるし、清河も常に子分の石坂周造、村上俊五郎らと行動を倶《とも》にして隙がない。

とうとう半月余の道中に手が出せず、江戸に安着してしまったのが、先月末。

以来、当局では、清河の身辺に探索の目を怠らなかったのである。

「ただ隙を窺っていたのでは、討つ機会がない、なにか、策があるまいか」

「無いこともないな……」

遠いところを見るような目つきになって、只三郎は、ぽつり、と言った……

ほどなく又四郎が帰って行くと、おえんが先刻とは一変して、打ち沈んだ様子で入って来た。

入ってくるなり、わっと、只三郎の膝に泣き伏した。

「恐ろしいことはやめて頂戴《ちょうだい》、人を斬るなんて、あたし……」

「どうしたのだ？」

――立ち聞きしたな――と察しながら、只三郎は、女の肩に優しく手をかけて言った。

「お前には関係ないことだろう」

「いいえ、人を斬れば、いつかは、斬られます、そんな恐ろしいことを、いつまでも」

「はははは、つまらぬことを考えるな、忘れろ！」

「え？」

「聞いたことは忘れろ、忘れぬと……おれの国綱はきさまの細首を刎《は》ねるやもしれぬぞ」

ぎくっとして、おえんは身を引いた。その濡れた双の瞳が、異様な情熱にぎらぎら光っていた。

三

文久三年四月十三日。

その日は、晩春にも拘らず、妙に肌寒い風が吹き、空は雨を催して曇っていた。

清河八郎は、横浜で引きこんだ風邪がぬけきらず二日ばかり臥床《がしょう》していたが、午前十時すぎに床を離れた。そこへ石坂周造がふらりと立ち寄った。

「どうした、治ったのか」

憂い顔で、言った。

小石川伝通院《こいしかわでんずういん》裏の山岡鉄太郎の家に寄寓していたのである。隣家が親戚《しんせき》の高橋伊勢守《たかはしいせのかみ》(泥舟《でいしゅう》)であった。

「うむ、まだ頭痛がするが」と、顔をしかめて髪を梳《す》きながら、

「金子《かねこ》がわれらに加盟するというのでな、今日、会うことになっている」

「無理をしないほうがいいと思うが」

「うむ、しかし、頑迷だったあの男がせっかく加わるというのだからな」

「それもそうだが」と、頷いて、「金子か」と、石坂はちょっと首をかしげた。

「あれが署名すれば裨益《ひえき》する所が尠くないが」

と言って、清河の懐の連判帳を一瞥《いちべつ》した。

嘗《かつ》て水野《みずの》閣老の講師となったこともある佐幕派で、上之山藩《かみのやまはん》に仕えて、麻布《あざぶ》一ノ橋の屋敷内にお長屋を給《たまわ》っている金子与三郎《よさぶろう》とは、安積艮斎《あさかごんさい》の塾で机を並べた仲であった。

「塾友だ、疑うに足るまい」

一世の策師が、その日に限って、素直な気持で出かけたのも、或は天命かもしれぬ。

昼少し前、清河の姿が、上之山藩邸に入ってから間もなく、裏金輪抜けの陣笠《じんがさ》をかぶった佐々木只三郎と速見又四郎の二人が十番通りを馬場の方にやって来た。

「金子はうまく酔《よ》い潰《つぶ》すだろうか」

と、肝の昂《たか》ぶった顔で、又四郎が言う。目が落着きを失い、凶々《まがまが》しい光を放っている。

「酔い潰れては、困る」と、只三郎が冷たい笑いを浮べてこたえた。「泊りでもされてみろ。朝帰りまでここで徹夜せねば……」

陣笠をあげて、対岸を見た。

上之山藩邸は、現在の一ノ橋から二ノ橋に至る通りに面していた。

右側は保科《ほしな》邸、背後が小役人屋敷と網代町で、裏門は、一ノ橋の通りであるので橋の袂に立てば両門とも見透しがきく。

対岸は一ノ橋から赤羽橋に至る一本道で、橋袂に柳沢《やなぎさわ》邸があり、その前が、道を越して叢《くさむら》になっている。栄養の悪い松が七八本ひょろひょろと生えて、葭簀《よしず》張《ば》りの茶店が出ている。

只三郎が視線を向けたのは、その葭簀のうちだった。すると、腰掛けて茶を喫していた武士が一人、急にせきこむのが見えた。ほかに武士が三人居た。

「降るかな……」

只三郎が、視線を空にうつして、呟《つぶや》いた。

「大丈夫だろう、夜までは保《も》とう」

返事もいら立っている。ろくに雲行きも見ようとしない又四郎だ。その緊張ぶりに只三郎は、微笑した。――まだ肚裡《はら》が出来ておらぬな……

清河八郎が出て来たのは、午后四時ごろだった。

曇天とはいえ陰暦四月半ばである。まだ明るい。注意深い清河は、危険を顧慮していたのだろう。一ノ橋の袂で、駕籠《かご》でも探すかのように、あたりを見まわしたが、幸か不幸か、戻り駕籠も見えぬ。

酔顔をそよ風になぶらせて、清河は一ノ橋をわたった。足もとがふらついている。

「少し、早いがやむを得ぬ……」

只三郎は、十間ほど先を蹌踉《そうろう》と行く黒羽二重の紋服に七子《ななこ》の羽織、鼠竪縞《ねずたてじま》の仙台平の袴の姿を、追った。

檜編《ひのきあ》みの陣笠をかぶり、右手に鉄扇を持った清河は、誰の目にも、お目見得以上の旗本に見えた。

清河が茶店まで二間、という所まで近づいたとき、

「速見！」と、促して、只三郎が追いすがった。

「いよう、清河先生」

速見が故意に大声で叫んだ。清河の足がとまる。つかつかと只三郎はそばへ寄って、

「久しぶりですな、どちらへ？」

と、笑いかけながら、陣笠を脱いだ。

親交はないが、浪士組結成以来京に往復した間柄である。取締出役として何度も打合せなどで言葉を交している。

会釈しただけで行こうとした清河も、只三郎に礼を尽くされて、そっけなくも出来ぬ。

「これは佐々木先生……」

と、檜編みの陣笠の紐《ひも》をはずし左手でとった。右手は鉄扇を握っていたのである。

軽く一揖《いちゆう》したとたん、只三郎の手の塗笠が飛んだ。

「覚悟！」

手練の抜き討ち。粟田口国綱が、右肩から左胸乳の下まで一瞬に斬りさげていた。

「む……卑怯《ひきょう》な！」

鉄扇を捨てて刀の柄に手をかけた。その後頭部に、茶店から飛びだした窪田千太郎が、一刀を浴びせた。ほかの三人も取巻いた。

前後からの致命傷にたまらず、鯉口二寸抜き敢《ぬあ》えず、清河八郎は、どうと倒れた。白くかわいた埃《ほこ》りが、ぽっと舞いあがった。

――その翌日、只三郎が八郎の懐中から奪った連判帳によって、横浜異人館襲撃を策していた共謀者二十四人は庄内《しょうない》、小田原《おだわら》、高崎《たかさき》、白河《しらかわ》、中村《なかむら》、平戸《ひらど》の諸藩の兵によって、その宿所を包囲された。

石坂周造をはじめ、村上俊五郎、藤本昇、白井庄兵衛、和田尭蔵、松沢良作という攘夷派の領袖《りょうしゅう》が一網打尽にあっているころ、梅雨の前ぶれのような雨の音を聞きながら、佐々木只三郎は、おえんの膝枕《ひざまくら》で、酒を飲んでいた。

――卑怯と言ったな、あいつ……おれを卑怯と言った……

妙に頭にこびりついた言葉が、彼を憂鬱《ゆううつ》にしていた。

「卑怯ではない。おれは、挨拶《あいさつ》をして抜いた……彼奴が油断していただけだ……」

と、のぞきこむおえんの微笑も、いまの只三郎には慰めにもならなかった。

「なんのこと?」

「おえん、おれが卑怯者に見えるか?」

「まあ、誰が、そんなことを」

只三郎は、身をおこして、ぐいと、酒をあおり、

「亡者だ」と、吐き出すように言った。「愚かな亡者の世迷《よま》い言《ごと》だ」

笑った。が、それはかすれた声の、作り笑いめいて、一層彼を不愉快にしただけである。

雲《うん》烟《えん》漠々

一

「佐々木さん、妻帯なさらんか」

歌人鈴木重嶺《すずきしげね》にこう切り出されて、只三郎は、はたと当惑した。

清河暗殺から一年近く経った元治《げんじ》元年（一八六四）上巳《じようし》の節句の日である。

清河暗殺に続く攘夷過激派の就縛《しゆうばく》により、只三郎は速見等とともに浪士組から身を退いていた。

清河暗殺は、顔見知りの目撃者がなく、佐々木只三郎の仕業とは要路の者しか知らなかった。板倉閣老は、ひそかに只三郎を呼び、

「いずれ何分の沙汰があろう、ことの顚末《てんまつ》は秘して待つように」

と、褒賞を約した。只三郎は、講武所剣術方教授の役目に還《かえ》って、隔日ごとに築地《つきじ》に通勤していたのである。

京都では朝令暮改の政争の暗雲が渦巻き、七卿《しちきょう》落ち、天誅組《てんちゅうぐみ》挙兵、長州攘夷抗幕宣言などと革命の烽火《ほうか》があがっていたが将軍家茂《いえもち》は上京して留守ではあり、江戸市中は比較的平穏であった。

佐々木只三郎が、鈴木大之進（重嶺）の門を叩《たた》き、和歌を習っていたのも、風雲急なる時勢のなかにあって、英雄閑日月を尊ぶの気持にほかならない。

師鈴木重嶺は、幕閣の逸材で、この年の七月には勘定奉行に登庸《とうよう》されたほどの人物。和歌の造詣《ぞうけい》が深かった。

その日も、鈴木の五女の初節句を祝いに行って、酒になり、剣話禅話に興じていると、突然、思いだしたように、重嶺がきりだしたのである。

「貴公、何歳になられる」

「当年、三十二歳に相成ります」

「ほう、齢《よわい》三十二にして、独身とは健康上もよろしくないな、妻帯なさるがよい」

そんな気を起したことのない只三郎だ。

「相手がありませぬな、あいにくと」

軽く話をそらそうとすると、

「あるのだ。それが」と、重嶺は、扇子で、只三郎の膝を軽く打って、

「貴公も存じよりの紀州家の久保田どのにお八重という娘がある」

久保田源蔵は紀州の用人で陪臣とはいえ、佐々木家とは桁違《けたちが》いの家格だ。

「せっかくの師のお言葉ですが、只三郎は剣に生きる者、妻帯しては何かと」

「はははは、まさか、女房を貰《もろ》うて小太刀の腕が鈍るような其許《そこもと》でもあるまい」

京師の風雲が嵐《あらし》を呼び、やがては上洛《じょうらく》する立場を考えて拒絶しようとしたが、重嶺の言葉が、ぐっと胸に来た。

「しかし、その女性が、拙者のような者のもとには」

「はははは、卑下されるな、そのお八重どのがいつぞや其許を見染めてな、頭もあがらぬ病いの床に臥せて居る、といえば」

「わやくを」

「いや、読本の筋を申しているのではないぞ、世の中には間々あること。これだけ想われて袖《そで》にすれば女の祟《たた》りが怖いぞ」

柔或は剛、巧みな重嶺の弁説に口説かれて、只三郎は承引してしまった。

当時は、こうした仲人口による婚姻も尠くはなかったのである。

養父の矢太夫も喜んだ。式は三月の半ばにあげられた。新居を和泉橋の近くに拝領した。

八重は、器量も抜群だし性質も芯《しん》はしっかりしているが、挙措動作のしとやかな娘だった。

佐々木只三郎は、剣を忘れ、酒を忘れ、新婚の夢に溺《おぼ》れた。

彼の武辺な生涯のなかで、そのころが、一番、倖《しあわ》せだったかもしれぬ。現在遺《のこ》されている彼の作と伝わる和歌も、多くは、そのころ作られたものである。

しかし、その平穏無事も、永くは続かなかった。時勢は、彼ほどの腕前が、遊惰に過すことを阻んだ。

幕府では尊攘派の討幕運動を弾圧するために京都見廻組《みまわりぐみ》の編成に着手しはじめていたのである。

三月末には、前将軍後見職一橋慶喜《ひとつばしよしのぶ》を禁裡《きんり》御守衛総督に任じ、守護職の兵二組六十人、所司代の兵一組三十人を洛中夜警に当らせるほか、総督附属《ふぞく》の兵八百人、一橋家の槍隊百人をして昼夜巡邏《じゅんら》させていたが、尊攘派の跋扈《ばっこ》は、いよいよ熾烈《しれつ》になるばかりなので、新に見廻組を組織した。

武芸者を無論必要としたが、浪士では、清河一件以来、手を焼いているので、今度は、幕士の次男三男から手練の者を募った。

組頭は備中浅尾藩《びっちゅうあさおはん》（一万石）主蒔田相模守広孝《まきたさがみのかみひろたか》と、当時交代寄合格の下総《しもうさ》飯笹六千石の松平出雲守康正《まつだいらいずものかみやすまさ》の二人。

一組二百人で計四百人の見廻組が出来上った。

その編成は、右の組頭の下に、頭取が居り、与頭、肝煎《きもいり》、伍長《ごちょう》、という序列で佐々木只三郎は、与頭であった。

五月下旬、見廻組一統は、威武堂々と、江戸を出発した。

その前夜、和泉橋の邸《やしき》で、お八重は、恥じらいも捨てて、彼女のほうから挑んだ。

「行ってはいやッ、行ってはいやッ」

狂ったように、おどろに髪をふり乱して、只三郎の唇を吸い、逞《たくま》しい胸のなかでもだえた。

「行かないで、死なないで！」

熱涙が、しとどに只三郎の胸を濡らした。

——あわれな。許せ……

只三郎も、強く彼女を抱きしめる。倖せに酔えない己れの武辺がうとましかった。

見廻組編成の話を聞き、進んで、自ら申しでた只三郎だったのである。夫婦生活の美酒に酔い痴《よ》れるには時代の子としての意識が強かったといえる。

二

京は、冬が寒く、夏はまた蒸し暑い。

江戸と違って宵の涼風というものが無い。自然、ひとびとは涼を求めて賀茂《かも》の橋上を小松のまばらな堤を散策するようになる。

「まだつかぬか？」

と、祇園《ぎおん》の料亭〔栂ノ尾《つがのお》〕の二階で身を起した武士が居る。

——上洛して一年余日、見廻組与頭、佐々木只三郎だった。

「ええ、まだどすえ」

ふわりと芳香を漂わせて、妓はそばへ坐《すわ》った。この土地へ来て馴染《なじ》みになった小栄である。どこか面影がお八重に似ている。惹かれて通うようになったのも、そのせいかもしれぬ。

風が無いといっても障子を開け放した〔栂ノ尾〕の二階は、前に賀茂の川原をひかえて涼しかった。

女は窓ぎわに立って、夕日が消えたばかりの如意ケ岳《にょいがたけ》を見まもっていたのである。

「あ、火が点《つ》いたえ」

「早《は》よ、早よ出ておみやす」

嬌声《きょうせい》がけたたましく聞えた。

「点いたそうだ」

と、只三郎たちも窓ぎわによった。

暗い夏の夜空を焦がすばかりに、近々と大文字《だいもんじ》の火が燃えあがっていた。渦を巻いている火纏やそのまわりにうごめいている人影なども蟻《あり》のように見える。

「綺麗《きれい》だの、江戸では見られぬ」

「はじめて？　殿様は……」

「そうだ。去年は」

「ああ、去年は長州さんの騒動で、お火が焚《た》かれへんどしたわ」

小栄が袖の下で、そっと、只三郎の手をまさぐった。

そのとき、誰か部屋の中へ入ってくる気配がした。何気なく、ふりかえった小栄は、

「何え、お武家はん方……」

その七八人の男が、大文字の火を見るために無断で入ってきたと思ったのだが、声に誘われてふり向いた只三郎は、

「あっ！」

と、叫ぶや、小栄のからだを突き飛ばしざま、横に飛んだ。

「天誅《てんちゆう》！」

おめきとともに白刃がうなった。

「なにを！」

粟田口国綱は下にあずけてある。脇差《わきざし》を抜いて、二撃にそなえた。

只三郎が愕然《がくぜん》としたのは、その男たちのなかに、あの亀谷喜助のどす黒い顔を見たことである。ひしゃげた耳、こけ雀の落着きのなさ——

「喜助か。きさまが、おれを……」

只三郎の言葉をぶち切るように、喜助は、欠けた歯を剝《む》きだして喚いた。

「諸君、見廻組の鬼、佐々木を葬れ、清河さんを殺したのもこいつに違いないのだぞ」

尊攘派の志士にとって、新選組と見廻組は癌《がん》である。不穏分子を或は捕え、或は斬って来た只三郎は、むろん、逆襲のあることも予期していた。

が、その勤皇志士と称する連中のなかに、亀谷喜助が入っていようとは。

それだけが、驚きだった。

只三郎は、一尺九寸五分堀川国広《ほりかわくにひろ》の脇差を小太刀青眼にかまえて、

「清河を斬ったのが、おれだとすれば？」

と、静かな声で応じた。

「喜助、きさまが仇《あだ》を討つとか」

「うぬ！」

ばりっと歯を嚙《か》み鳴《な》らして、亀谷喜助は斬りこんで来た。

しかし只三郎の方に殺意は起らなかった。

斬りこんで来た刀を戛然《かつぜん》たる音とともに、巻き返して、蹴倒《けたお》すや、胸ぐらをとって、

脇差を擬した。

「動くなッ、こやつの命が無いぞ」

小栄が、裾を引きずって、廊下へ走りだすのをちらっと見送って、只三郎は、残りの男たちを威嚇《いかく》した。

いずれも地下運動者に特有の、ぎすぎすした表情で、服装も粗末だった。髷も油気がなくかさかさしている。

しかし、その威嚇は、男たちの間に一弾指の動揺をもたらしただけである。

「よかろう」

と、頬に吹出物の出来た蒼い顔の男がなかまに目交ぜして言った。

「われらにとって仇敵《きゅうてき》たるうぬの命と引きかえなら、喜助も成仏出来るだろう」

口先きだけの返答ではなかった。言い終るや、猛然と斬りこんで来たのである。

まさか、そこまで同志の命を軽んじるとは信じなかったので、只三郎は、思わず、喜助を放して、この剣を迎撃した。

男は示現流の心得があるらしい。寸延びの直刀が、

「えい！　えい！　えい！」

規則的な反覆追撃で斬りこんで来る。

そのたびに、鏘然《しょうぜん》と火花が散った。男の頬に、つと焦立《いらだ》ちの色が流れた瞬間、隙が

生じた。

「うおっ！」

只三郎の脇差に、腰車を斬り放されて、すさまじい家鳴りをさせて、男は転倒した。

そのとき、麻羽織の袖に山形模様の白布をつけた新選組の隊士が、抜刀を閃《ひらめ》かして、駈《か》け上って来た。

「佐々木さん、御助勢」そう叫んだのは沖田総司《おきたそうじ》だ。「無用！」と断りながら、只三郎は、右脇の男を斬り下げた。その間に喜助が身を翻している。

「あ、喜助、待て！」

襖《ふすま》を蹴破り、ばらばらと逃げだしたなかで、喜助は、素早く欄干から、屋根に飛びだしていた。

屋根をつつーッと滑り、その姿は、河原の石の上に、叩きつけられるように落ちるのが見えた。さして打撲もしなかったのか、そのまま、河原を飛ぶように――

「ああよかった、あて、あて……」

小栄が、只三郎の背を抱きしめて、嗚咽《おえつ》した。只三郎は血刀をさげたまま、茫然《ぼうぜん》と、喜助の走り去った河原を見おろしていただけである。

大文字の火は、まだ焰々《えんえん》と燃えさかっていた。

三

その亀谷喜助が、性懲りもなく、彼を襲ったのは、さらにまた一年余の月日が過ぎた、慶応《けいおう》二年の晩秋だった。

そのころ、只三郎は、肩書は京都見廻組与頭であったが、禄高は六百石から千石取りに昇進して、大和守《やまとのかみ》に叙されていた。乱世ならば一城の主である。

北野《きたの》天神の境内に住み、常時、騎馬で出仕する。馬の口取り、草履取りの小者のほか、組士二三人を供にする出世ぶりである。

その日も、島原《しまばら》の〔桔梗屋《ききょうや》〕で桑名藩《くわなはん》の重役と酒を汲《く》んだ帰途、晩秋の雁渡しの風がかなり強く吹くなかを、千本中立売《せんぼんなかだちうり》から北野へいつもの帰途をたどって来た。

京もこのあたりへ来るとすっかり洛外の気分で、道ばたの竹林には霜降る音が聞えるばかりの、うすら寒い秋色にとざされている。

立本寺の三門を過ぎるとき、門わきの栗《くり》の実が落葉のうえに落ちる音を聞いて、只三郎は、ふとふり返った。

そのとき、轟然《ごうぜん》と静寂を破って、銃声がおこった。

只三郎は、陣笠にはげしい衝撃を受けて、馬上でよろめいた。

「あ、殿！」

従者の安浦某が、駈けよった。只三郎はしかし落馬しなかった。驚いて棒立ちになった馬を、そのまま、ぐいと手綱を引きしぼって馬首をめぐらすと、露にしとどな石段を一気に駈けあがり、三門のうちに馬を乗り入れていた。

陣笠にあたった鉛玉で、咄嗟《とっさ》に狙撃者《そげきしゃ》の方向を判じたのである。

居た。

松のふとい枝に跨《また》がっている黒い影。火縄の火が光っている所を見ると、旧式の先込め筒なのだろう、只三郎の手から、鉄扇が飛んだ。

枝が大きく揺れた。転落しかけた手が必死に枝をつかんで、黒い影がぶらさがった。

——胴斬りに！

と、只三郎の手が、柄に走る。

とたん、ふたたび銃声が夜気をひき裂いた。

乗馬がするどい嘶《いなな》きで棒立ちになり、耐えようとしたが松の根瘤《ねこぶ》につまずいて、横倒しに倒れた。

敵はほかにも居たのだ。

「殿!!　こやつを！」安浦が、抜刀して、その敵に走りよるのが見えた。

「斬るな、捕れ！」

すばやくはね起きながら、只三郎は注意した。

その間に、最初の狙撃者は、松の枝からおり立って逃走していた。しかし逃走には折悪しくも立待月《たちまちづき》の明るい晩である。小者たちを切り払って、逃げる姿が十間はなれても、それとわかる。

賊は、七本松通りの小路を縫うようにして走ってゆく。

今出川《いまでがわ》の通りを横ぎり、釈迦堂《しやかどう》わきを風のように走った。

只三郎も、抜刀して追ったが、とうとう、閻魔堂《えんまどう》の裏のあたりで、見失ってしまった。

このあたりは船岡山《ふなおかやま》の麓《ふもと》から十二坊にはさまれて、西陣《にしじん》の職人や、大徳寺の僧侶《そうりよ》相手の陰間《かげま》などが、濃化粧で昼間からうろうろしている長屋の、建て混《こ》んだ一廓《いつかく》である。

「殿……とり逃しましたか？」

安浦と小者が息せききって走ってきた。安浦の刃にぎらぎら血膏が浮いている。

「斬ったか……」

「は、抵抗しましたので、止《や》むを得ませなんだ」

昂ぶった声で安浦は答えた。目尻《めじり》が吊《つ》りあがって、唇がぶるぶる慄《ふる》えている。

只三郎は、思わず舌打ちしたが、無言で、白刃をおさめた。そして呟くように言った。

「このあたりは、昼間でなければ判らぬ」

溝板《どぶ》を踏んで、路地を出て行こうとすると、安浦が、

「おい！」と、どなって、二三間先きの格子戸に飛びついた。

「覗《のぞ》き見しやがって、怪しいやつだ」

ずるずると、路地に引きずりだされたのは、粗末な着物をまとった女だった。

「はなして、あたくし……」

と、女は、(このあたりの者にしては淑《しと》やかな身ぶりで)もがいた。

「あたくし、何も存じませぬ」

「やい! 痛《いて》エ目を見てえのか」

小者までが、いっぱしの取締りを気どって金輪の木刀をふりあげた。

十七日の明るい月が、ほおけた髪の乱れた女のおもてを、はっきりと見せた。

――あっ⁉……

あやうく声をあげかけたほど、只三郎は、驚愕《きょうがく》によろめいた。軒のかげに茫然と突っ立ったまま、その白いおもてを見つめた。

――ぬい……林のぬいではないか……

喜助の甘言に騙《だま》されて駈け落ちした女。

――ぬいがここに居るとすれば、さきほどの狙撃者は?……

思いあわせれば、あの後ろ姿は亀谷喜助であったような気がする。

――喜助めが、又もおれを狙ったか……

怒りがこみあげた。が、安浦と小者に小突きまわされているぬいの哀《かな》しい姿を見ると、その怒りが、言いようのない複雑な感情に変っていくのを覚え、かっとして、叫んでいた。

「よせ、安浦、その女は何も知らぬ。その女が何も知るはずがない」

「は……？」

「帰るぞ」

暗い軒の陰を伝って、只三郎は大股《おおまた》に路地を出た。荒々しく肩をふって。

海波蒼々《そうそう》

一

見廻組与頭佐々木只三郎の名が、血に飢えたような尊攘派浪人を畏怖させるようになったのはそれ以来のことである。

ひとたび剣を執っては、鬼神も三舎を避ける猛勇でありながら、和歌をたのしみ、茶の味を知り、時には石峰寺《せきほうじ》に詣《もう》でて、五百羅漢に見入ることもあった彼が、次第に、剣ひとすじの男として、恐れられて来た。

尊攘派の浪人を捕えるや、六角《ろっかく》の牢《ろう》で吟味し、連累を自白せねば、直ちに斬首《ざんしゅ》した。

その俊敏をもって鳴った剣は、尊攘党の憤血を吸って、いよいよ冴《さ》え、ますます凄愴《せいそう》の気を帯びて来た。

ひところは、刀研師を見廻組屯所内に抱えて置くほどの活躍ぶりであったという。

ぬいの姿を見てからの変貌というような感傷では解したくない。巨岩の転石するに似て、幕府の屋台骨が崩壊の兆しを露わにして来たことの焦燥と、時流に抗して立つ剣客の当然の貌《かお》と見てよいのではあるまいか。

「近藤さんに似て来たようだぞ」

長兄の手代木直右衛門が（彼も松平容保《まつだいらかたもり》に侍して京に在った）いつか、冗談を言ったことがある。そのとき只三郎は一笑に附して、

「あの男よりは、マシな面《つら》のはずですが」

と、軽口でこたえたが、講武所風の大髻に髪を結わしているとき、ふっとその冗談が甦《よみがえ》って、鏡をのぞきこんだ。

他人の顔を見るような心持だった。彼は慄然《りつぜん》とした。

色こそ浅黒いが、怜悧《れいり》な双眸《そうぼう》と、情熱に燃えていた紅《あか》い唇は、暫《しばら》くの間に、はげしい変化をもたらしていた。

酒色にすさんだ頬は、げっそりと削《そ》いだようにこけて、顴骨《かんこつ》が突出し、唇は黒く動物的にめくれ、目だけが、兇暴《きょうぼう》な光を帯びて、油を流したようにぎらぎらしていた。

「おれは、近藤輩のごとき多摩《たま》の郷士あがりと生れが違うぞ」

人にも拡言し、自分でもそう信じていた只三郎だった。

——これが、おれか？　おれの顔か、これが？……

新見錦を詰腹し、芹沢鴨《せりざわかも》を暗殺し、その息のかかった水戸《みと》派の部下たちを次々と闇に葬って、新選組を掌中におさめた局長近藤勇《いさみ》と、何ら変るところのない、凄《すさ》まじい貌になっていようとは。

「くそッ、これが俺《おれ》か」

誰にともなく叫んで鏡を沓脱石《くつぬぎいし》へ叩きつけるや、只三郎は、大童《おおわらわ》の髪のまま、栗毛に飛び乗って、祇園に迅《はし》った。

「小栄、おれは、おれは」

小栄のからだを抱きしめて、狂おしく愛撫《あいぶ》しながら、只三郎は、いつしか冷血な剣鬼のように荒伐になっている心を慰撫しようとした。

「きさまだけは、おれの心を知っているな、知っているであろうな」

「苦しい、苦しいやおへんの」

強い腕の中で、頰を充血させて、小栄はもがいた。

「何を言やはります、いまごろ……」

「小栄、おれは、佐幕のために鬼になった。おれは薩長が憎い、大公儀を倒そうとする薩長が、不逞浪人どもが……」

「苦しいわ、とのさま……」

もがきながら、小栄の白い指が、男のふとい頸すじに爪を立てて――うっとりとなっていた。

翌慶応三年六月には組頭蒔田相模守が病気引退するに及び（松平出雲守は以前に辞任している）名実ともに、京都見廻組は、佐々木只三郎の牛耳るところとなった。一説によると、相模守の意志は殆ど無視されていたので仮病をつかって辞任したのだとも伝えられているほど、只三郎の、勢力は伸長していた。

そのころになると、討幕運動は最後の段階に入っていった。

薩長の同盟成り芸州も加盟して武力革命の準備をすすめていたし、比較的親幕派の土《と》佐《さ》の藩論も平和的王政復古を提唱するというふうで、もはや、誰の目にも倒幕は必至であった。

が、薩長の気勢があがればあがるほど反比例して、幕府の取締りは厳飭《げんちょく》になった。

洛中の警戒網は、その密度を逐日大にした。

会津守護職では、丸太町《まるたまち》より西洞院蛸薬師《にしのとういんたこやくし》までと賀茂川東より寺町《てらまち》辺、五条通りまでの中枢部を受持ち、丸太町から西洞院蛸薬師、御土居《おどい》から寺町辺、五条通りあたりまでが所司代桑名家の合倖区域。新選組が、北は五条通りから南は御土居まで、東西は川東より西御土居まで。

そして丸太町から南御土居、川東より西御土居までの三条域を警戒する最も重要な区域が見廻組の持場になっていたのである。

秋になるといよいよ、討幕の機運が熟し、山内容堂《やまのうちようどう》の大政奉還建白の議が進み、十五代将軍慶喜は、老中にはからって将軍職を辞した。

だが、一方、同盟成った薩長芸の三藩は、幕府を根こそぎにするために、討幕の密勅を乞《こ》い、陸続と兵を率いて入京して来た。

「奴らがあくどい策動をやるならば」

と、幕府の過激派や会桑両藩士たちは、大筒小筒の整備をし、刀を研いで革命軍の出足を見まもっていた。

この一触即発の危機を孕《はら》んだ戦雲の去来するある日、安浦が、亀谷喜助夫妻を捕えて来たのである。

二

「実は、お叱《しか》りを蒙《こうむ》るかもしれませんが……?」

こいつを探していたのです、と、安浦は、主思いの生真面目《きまじめ》さをにきびの吹き出た精悍な顔に浮べて言った。

去秋のあの夜、喜助（？）の撃った鉛玉は裏金輪抜けの陣笠を凹ましたにすぎなかったし、ぬいの哀れな姿をかいま見たことによって、喜助追捕《ついぶ》の意志を失った只三郎であった。

にもかかわらず、安浦は、その一徹さからぬいを怪しいと睨《にら》み、その翌日、閻魔堂裏にふたたび乗りこんだが、喜助夫妻は、もはや風を食って逃亡したあとだった。

爾来《じらい》、安浦の脳裡に、ぬいの容姿が、隊長狙撃犯容疑者としてマークされていたが、今日、四条街道の西院で発見し、尾行して、隠れ家から二人を拉致《らち》して来たというのである。

——要らざることを……

とは思ったが、いまさら、どうしようもなかった。

「御苦労だった」

と、冷たく賞して、二人を糾問することにした。

去秋よりも、尚一層、窶《やつ》れを見せているぬいであり、喜助である。

安浦が押収して来た品物のなかから、怪しい文書を選《よ》りだしたのを、ろくに見もせず、退らせた。余人に知られたくない特殊関係なのだ。

三人とも——暫く黙っていた。ぬいは初めから絶望と恐怖でうなだれていたが、喜助は神経だけが尖ったおもてを昂然《こうぜん》とあげて、只三郎を睨んで、屈するところが無かった。

白々しく、息詰るような空気に耐えきれなくなって、只三郎は、かわいた声で笑った。

「喜助、つまらぬ意地はよせ」

「なに！」

「きさま、おれを撃ちとって、幾らになる？」

「なに！」

「似而非《えせ》勤皇家に与して幾ら儲かるのだ。おれは、きさまなぞ会津時代から眼中になかった。ぬいどのと駈け落ちしたときも、無念でも残念でもなかったのだ」

ぬいから目をそらして、彼は言った。

「いつから、おれが憎くなったのだ。江戸できさまの……強請りを見たからか？」

「阿呆《あほ》！」

と、突然、喜助は、顔じゅうを口にして喚いた。

「何をぬかす、何を世迷い言を……強請りとは何だ？　おれは、尊攘の志士だぞ。天子を奉じ夷狄《いてき》を滅し、徳川《とくがわ》幕府をぶっ潰す、その栄誉ある仕事に東奔西走している勤皇無二の志士だ」

狂ったように、立ち上ろうとし、縛された縄にひかれて、倒れ、もがいて、また喚いた。

「うぬは、うぬは、同志清河を暗殺したばかりか、数十のわが同志を葬った。勤皇の敵、王政復古の敵だ、その敵を撃ったのだ」

「……本心か」

「なに、なに、なに、うぬ、ええい！　ことここに至っては逃げも隠れもせぬ、斬れ！　いさぎよく死んでやるわ、斬れ！　おれは、勤皇の志士だ、勤皇の、勤皇の……」

はげしく喚くほど、声がせりあがるほどにその言葉の空虚なひびきは、自身の胸を刺した。

声がかすれ、目に狼狽《ろうばい》と羞恥《しゆうち》の色が浮び、喜助は、がっくりとうなだれた。

——愚かなやつだ……

憐《あわ》れむように見ているうちに、只三郎の胸に残忍な血がふつふつと音を立てて沸いて来た。彼は、愛刀を鞘ごとぬくと、その鐺《こじり》でとんと、喜助の肩を突いて言った。

「のぞみ通り斬ってやろう、勤皇の獅子《しし》か熊《くま》か、濁った血を見てくれよう」

「待って！」

と、ぬいが真ッ蒼なおもてをあげて、叫んだ。

「嘘《うそ》です、嘘です！」

「…………」

「嘘ですわ、このひとの言うことは皆嘘ですわ。このひとが、勤皇の、いいえ、このひとは勤皇も佐幕もないンです、ただ、出世が出来ればいいと……」

「出世を？」

「そうです。出世することばかり考えて、攘夷だの、勤皇だのと、ただ走りまわっているだけなンです。あなたさまのお命をちぢめようとしたのも、そうすれば、薩摩や長州の御藩から、お金が貰えるからなんです」

「金か……金でおれを狙ったのか……」

「許して、只三郎さま」

何年ぶりだろう。ぬいはその名を呼んだ。

夫助けたさの一念で、髪をおどろにふり乱して叫んでいたぬいは、はっとして、口をつぐんだ。

くずれるように、頭を落してさめざめと泣きだした。喜助も、尖った肩をわななかせて嗚咽《おえつ》している。

身にあまる野望ゆえに破廉恥に堕した男と、愚かなゆえに零落した女と――

只三郎は、二人の嗚咽を耳にするのさえ、耐えられなくなった。

ふと、手の書状に視線をうつした。

さっき安浦が、押収した文書のなかから、

「われわれの姿を見ると、急いで破りかけたので、何か重要なものかと……」

と、皺《しわ》をのばしていた反古《ほご》である。

達筆で、へたな歌が書いてあった。

梅はさいたに、近江《おうみ》はまだか
葵《あおい》も枯れなむ　清き石川

「はて……」

只三郎は、眉をよせて、再読した。

「梅はさいたに……梅が咲いた？……清き石川」

急に、愁眉をひらいて、只三郎の頬に喜色が浮んだ。

彼は、大声で安浦を呼んだ。にきびに膏薬《こうやく》を塗った安浦の顔を見ると、みじめな二人を顎《あご》でしゃくって、

「放してやれ」

と、言った。

「え？」

「放してやるがいい。こいつらは公儀に仇なす奴等と何の関係もない」

「しかし……素姓の知れぬ浪人は」

「いいから」

と、只三郎は、勘の鈍い実直者にいらだったように、声を荒げた。

「屯所に置いとくだけ目ざわりだ。ほうり出してしまえ」

三

「才谷梅太郎《さいたにうめたろう》は土佐の坂本竜馬《さかもとりようま》の偽名だ。また石川清之助《いしかわせいのすけ》は、土佐陸援隊中岡慎太郎《なかおかしんたろう》だ。これは、彼等の暗文だ。何を意味するのかはわからぬ」

と、只三郎は、見廻組輩下の肝煎と伍長を集めて訓示した。

「わからぬのは、この、近江の文字。近江に行くというのか、それとも……」

「坂本は、越前《えちぜん》福井に行ったという情報は入っているが」

と、頭取の小笠原弥八郎が言うのを、

「いや、もう帰洛しているはずです。中岡が白川村《しらかわむら》に陸援隊本部を設けて策動しているが、坂本らしい男が訪れたと聞いていています」

所司代組与力から見廻組の伍長になった桂隼之助《かつらはやのすけ》が否定した。桂は所司代附剣術師範大野応之助《おおのおうのすけ》の門下で大業物《おおわざもの》をよく使う巨漢で聞えている。板倉閣老が、清河暗殺に、所司代から引きぬいて只三郎の輩下にしたのである。

「いずれ、亀谷喜助の後を尾行させたので、何かの収穫はあろうと思うが……」

と、只三郎は腕を拱《こまぬ》いた。

坂本竜馬と中岡慎太郎。この二人は、当時から並称されていた土佐藩討幕派の巨魁《きよかい》だった。

坂本竜馬は海援隊を組織し、中岡は陸援隊を作り、いずれも革命軍の先鋒の観があった。

坂本竜馬は、かつて、伏見奉行所の捕吏にその宿舎寺田屋に投宿中を襲われたが、高杉晋作《たかすぎしんさく》より贈られた六連発のピストルを持っていたために危機を脱出している。

「やつには飛道具がある。心して討たねば」

新選組と見廻組も、やっきとなって、その行方を探索していた。

坂本竜馬は奔放不羈《ほんぽうふき》の人物で、文字通り東奔西走し、武器購入や、薩長聯合《れんごう》に画策し、両藩盟約で、西郷と桂を握手させたのも彼である。また船中八策と称する革命と革命後の新政府の綱領ともなった案文は彼の手になる。

智略縦横の坂本竜馬に比べて、中岡慎太郎は武断派で、後藤象二郎《ごとうしょうじろう》らの大政奉還建白論を、因循姑息《いんじゅんこそく》として、彼等を斬り炮火《ほうか》をもって討幕すべきだと主張していたのである。

「いっそ守護職所司代新選組とともに、一挙白川の陸援隊本部と、海援隊本部を焼打ちして殺戮《さつりく》してはいかがなもの」

今井信郎《いまいのぶお》が提案した。榊原鍵吉《さかきばらけんきち》門下の逸足で小兵ながら小太刀では只三郎と伯仲と噂《うわさ》される人物である。

只三郎は、頭を振った。

「相手も身辺は充分の警戒をして居ろう、本拠には居まい」

「そうだ、下手に動いて、せっかくの獲物に逃げられてはならぬ」

と、弥八郎も同意した。

大政奉還して慶喜が将軍職を辞したいま、守護職も所司代も有名無実の存在になっている。

ましてや、見廻組や新選組は妄動すれば、強力な薩摩の軍勢に逆ねじくわされる恐れがあった。

そのことには触れずに、只三郎は、慎重な面持ちで言った。

「要は、坂本か中岡のみ斬ればよい。余類と騒擾《そうじょう》して、こちらが手傷を負うのは拙の拙たるものだ」

一座は、その言葉で、清河八郎の鮮やかな抹殺を思いだした。

只三郎の口からは洩《も》らさなかったが、現在では誰知らぬものはない逸話になっている。

そこへ、尾行させた隊士が、息せききって駈けこんで来た。

「彼奴、蛸薬師《たこやくし》の近江屋に入りました」

「近江屋？」

「そうか、あの近江屋か」

と、桂隼之助が、膝を打った。

「近江とは近江屋のことか、あそこなら、前々から土佐藩の御用達で醬油《しょうゆ》をおさめていた家だ」

四条河原町《かわらまち》上近江屋新助方に、坂本竜馬らしき人物が投宿していることを突きとめるには、しかし、それからさらに五日を要した。

四

慶応三年、霜月の寒風が四条の通りに紙屑《かみくず》を舞わせて迅った。

近江屋にほど近い先斗町《ぽんとちょう》の〔瓢亭《ひょうてい》〕で只三郎は、愛刀粟田口国綱の手入れをしていた。痛いほど膚《はだ》を刺す比叡颪《ひえいおろし》に、総毛立った高橋安次郎が、瓢亭に駈けこんで来た。

「吉兆です！」

ふりかえりもせず、只三郎はタンポを刀身にうっている。

「中岡が、いま近江屋に入って行きました」

「……人違いではあるまいな」

「たしかに、やつです。これで、坂本の在宿も確信出来ますし、一石二鳥です、すぐに」

「急ぐな」

と、只三郎は、反りのふかい刀身を、揉《も》みほぐした紙で何度も拭《ぬぐ》い捨て拭い捨てなが

ら、

「まだ暮れたばかりではないか」

「し、しかし、中岡が帰ってしまうと……」

「急《せ》いて二人を逃がすより、余裕を持って、坂本一人を斬るほうがよい」

安次郎は、いらいらして、立ったり坐ったりしている。

「見張りに行け」

と、うるさそうに只三郎は言った。

土肥仲蔵と桜井大三郎が、近江屋の裏口から誓願寺道に、桂隼之助と高橋安次郎が河原町筋に、渡辺吉太郎、今井信郎が木屋町《きやまち》筋、というふうに六人が手わけして、近江屋を遠巻きに囲んでいる。

水も洩らさない配置だ。

——坂本と中岡を一挙に葬る！——

愛刀の手入れをすまして、只三郎は、静かに、冷えた茶を飲んだ。

彼は、いまさら、坂本たちを斬ったところで、天下の大勢が逆転するなどと、執着のあまり希望的観測は持たなかった。

——天下は薩長のものとなろう——

だが、幕府の縁廓である会津の家臣に生れた後、幕府の直属の士として、禄を食《は》む以上彼は、佐幕に殉じるのが、武士の本懐だと信じていた。

そうでなくとも、武士なれば、薩長の狡猾《こうかつ》な革命運動には反駁《はんばく》を覚えずには居れないのだ。

天子を立て、攘夷を理由にし、ただ、幕府を倒すことのみ念じて理も非とし、大義名分の旗陰に奸策を弄し、とうとう、大政奉還まで漕《こ》ぎつけて来た。

――おれの目の黒いうちは――

と、思う。

――おれは、後世に頑迷固陋《がんめいころう》な佐幕の鬼として、悪名を残すことになるやもしれぬ。それでよい、おれは武士として、することをしたのだ。知る人ぞ知ろう――

只三郎は手を打って女中を呼んだ。

廊下に衣《きぬ》ずれの音がして、女が入って来た。

「薄茶《うす》を……」

と、言おうとした声がとぎれた。

小栄であった。

沈んだ、蒼い顔をして、小栄は入って来た。

「お前を呼びはしないぞ」

「いいえ、あて……あんたはんを、今夜はよそへ出しとうおへんどす」

「何を言いだすのだ?」

「さっき、お腰のものの手入れをしていやはりましたナア」

「のぞいたのか、きさま」

「いいえ、のぞかへんかて、あても祇園の芸妓《げいこ》どす、殺気ぐらいわかりま」

「殺気?」

只三郎は、きっとなった。

「そうどす、お腰のものの手入れして、また誰かを斬りに行かはるのどっしゃろ」

「……………」

「ね、そうどっしゃろ?」

「申すな、きさまの知ったことではない」

「いいえ、知ってま。あて、そうやさかい、心配でならんのどす」

小栄は、只三郎の膝にくずれるように手を置いた。

「昨夜、悪い夢見たのどっせ、怒らはりまへん?」

「どんな夢だ」

と、只三郎は、微笑した。

「おおかた、おれが不逞浪人に斬られて、血の海地獄で、苦しみもがいてでもいる夢であろう」

絵具刷毛《はけ》でサッとひとなでしたように、小栄の顔色が変った。

「ま、あんたはん……同じ夢を見イはったのどすか？」

「ははは、まアそんなところだ」

――逆夢だ――

と、只三郎は思った。

「ね、行くのはやめて、ね、あて、あて、ここが苦しゅうて、息も出来へんのえ」

小栄は、只三郎の手をとって、襟《えり》から、豊かな胸乳に触れさせようとする。

「無駄だ」

と、只三郎は、冷然と言い放った。

「国綱にたっぷり血を吸わせてからだ。戻ってのち、祇園一の肌で遊ばせて貰おう」

「あかん、あかんえ、そないなこと、殺されま、殺されま」

すがりつく女の手が、必死の想いをこめて意外なほど、強かった。

只三郎は、片膝起したまま、そのふっくらとした掌《て》の甲をおさえて、静かに言った。

「――妖寿《ようじゆ》ウタガワズ、身ヲ修メテ以《もつ》テ之《これ》ヲ待ツハ、命《めい》ヲ立ツル所以《ゆえん》ナリ。命ニ非《あら》ザル莫《な》キナリ。順《した》ガイテ其《そ》ノ正ヲ受ク。是ノ故ニ命ヲ知ル者ハ、巌牆《がんしよう》ノ下《もと》ニ立タズ。其ノ道ヲ尽クシテ死スル者ハ、正命ナリ――」

「……………」

「孟子《もうし》の言葉だ。おれは巌牆のもとに立って犬死するようなことはせぬ」

「でも、でも……」

「其ノ道ヲ尽クシテ死スル者ハ、正命ナリ、だ。おれの命は幕府と倶《とも》にある。おれが死ぬときは幕府が死ぬときだ」

そして、佐々木只三郎は、〔瓢亭〕を出て行った。

慶応三年十一月十五日。盈月《えいげつ》が、皎々《こうこう》と寒夜に浮んでいた。

五

坂本竜馬は風邪の気味だった。生国の土佐は米が二度とれる暖国である。暑さには強いが、風雲寒気は耐え難い。

十月末から越前福井に赴き、十一月五日に京へ帰っていたが、その間に、風邪を引きこんだらしい。

竜馬の死を早めたのは、その風邪ともいえる。

この近江屋新助は醬油商だが、義俠《ぎきょう》に富んだ人物で、土佐藩御用達のせいで、革命の士をよく庇護《ひご》していたのである。

竜馬が帰洛するに及び、幕吏の目を恐れて裏庭の土蔵に密室をこしらえて、竜馬をそこへ匿した。

万一を慮《おもんぱ》かって、梯子《はしご》伝いに裏手から、誓願寺へ脱出出来る道までつけていたほどだ。

家人の口から洩れても、と憂慮して、このことは新助以外誰も知らなかった。

ここにいたならば、或は、兇刃《きょうじん》を免れ得たかもしれぬ。その夜、ことに寒気がきびしく熱がたかかったので、土蔵では用便や何かに不便なので、母屋の二階に移っていたのだ。

彼は真綿の胴着に舶来絹の綿入れを重ね、黒羽二重の羽織を引っかけていた。

高橋安次郎が目撃したように、暮れ六ッ（午後六時）ごろ中岡慎太郎が訪問した。

竜馬は、越前で仕込んで来た（越前藩士三岡八郎、後の由利公正《ゆりきみまさ》から教示の）新政府のための財政策を論じていると、岡本某と出入り書店の倅が来合わせて、新時代の近いことを喜び合っていた。

竜馬は空腹になったので、その倅に軍鶏《しゃも》を買いにやらせた。それで、岡本も用を思いだして、一緒に外へ出た。

佐々木只三郎が、耳門《くぐり》から入って来たのはその直後である。

彼は用意していた名刺を出して、

「坂本先生に御意を得たいのだが」

下僕が出てくると、只三郎は、

「十津川《とつかわ》のものです」

と、腰を低めて一揖《いちゆう》した。

十津川郷士には土地柄勤皇家が多く、坂本や中岡の知己がある。

「ちょいとお待ち下さい」

下僕は、名刺を持って二階へあがった。階段は京特有のせまい急傾斜で、入口の土間つづきの六畳についていていたのも、竜馬の不運であった。

「なに、十津川の？」

竜馬は他意なく、名刺を受けとった。

「……何と読むのだ、これは」

「難しい字だの、聞いたことがないな」

と、中岡ものぞきこんで首をひねった。

「どんな男だ？」

一寸、不審を感じて、竜馬は下僕に声をかけた。

竜馬が居たのは八畳で、次の間の六畳があり、畳廊下の三畳から階段で下へ通じる。反対側に、また八畳があった。

下僕は、名刺を取り次ぐと、降りようとした。そこへ、疾風のごとく、佐々木只三郎が駈けあがって来たのである。

「む！」含み気合の抜き討ちの一刀。

すさまじい切れ味の国綱である。悲鳴もあげ得ない早業である。無惨、肩から袈裟《けさ》斬りに水月《みずおち》まで割っていた。下僕は、どどッと階段を転げ落ちた。

血ぶるいした只三郎の耳に、奥の部屋からやや、嗄れた声が、

「ほたへな！」

と、どなるのが聞えた。土佐弁で騒ぐな、うるさい、という意味である。

下僕が下の上り框から土間へ転落するのと入れ違いに、桂隼之助が抜刀をひっさげて、血すべりのする階段をのぼって来た。

そのうしろから、高橋安次郎が、それを一瞥するや、只三郎は、血刀をふりかぶって、六畳と奥の境の襖をあけて躍りこんだのである。

八畳には、着ぶくれた（竜馬の顔は知らなかったが）男と、中岡が名刺を見ていた。

只三郎は、走りこんだ余勢で、竜馬を斬った。尖先が、前額を削ぎ、血が吹き飛んだ。

「うぬ！」

竜馬は、身をひねって、床の間の刀に手をのばした。

その肩先に、只三郎の血刀が、再び落ちた。右肩先から左背骨へ斬りさげていた。

斬られながら、しかし、気丈な竜馬である。摑《つか》んだ刀を、さかさまに、鞘のまま、第三撃を受けた。

その余勢で、鐺《こじり》が、天井を（京都の二階の天井は低い）突き破った。只三郎の必殺の刀は、その鞘を割り、刀身を削って、再び頭頂から前額部に致命傷を与えたのである。

血が、豪雨のように両眼に流れこみ、顔を蔽って、よろめき、倒れた。

「石川、刀は、刀はないか……」

それが、只三郎が聞いた竜馬の最期の言葉である。血の海の中に伏した竜馬は、もうぴくりとも動かない。

「やりました。やりました」

高橋が、うわずった声で、言った。桂隼之助も喘《あえ》いでいる。行燈《あんどん》に血が飛び、あたりは足の踏み場もない血の海だった。

短刀を握ったままの中岡が、その血の中でもがいている。

只三郎は、ふと、小栄の夢を思いだした。

——逆夢だったのだ……

昂奮した高橋が、

「こいつのおかげで、くそ！」

と、中岡の腰を二太刀斬りつけるのを、

「もういい、よせ」

と、押しとめて、只三郎は、階段をおりた。

〽花咲かば、告げんといいし山里の……

只三郎の謡《うた》う鞍馬天狗《くらまてんぐ》が、聞えた。中岡慎太郎は、消えかかる意識のなかで、そのしぶいのどを聞いていた。

〽告げんといいし山里の
使いは来《きた》り、馬に鞍
鞍馬の山のうず桜……

声は次第に遠ざかった。

中岡の意識も、次第に溷濁《こんだく》して行った――

白雲悠々

一

薩長芸土の革命軍が、佐幕軍に対して砲門をひらいたのは慶応四年正月三日のことである。

数に於《おい》てこそ幕軍は有勢であったが、新式火器と、錦旗《きんき》のもとに気勢天を衝《つ》く官軍の前には、ものの数ではなかった。

前将軍の冤罪《えんざい》を雪《そそ》ぎ、併せて、君側《くんそく》の奸《かん》を払うべしとして大坂から上洛しようとした幕軍は、薩長の砲火にもろかった。

旧臘《きゅうろう》王政復古の号令とともに、京を引き払って大坂城に入ったときからもはや勝敗は決していたのである。

正月の屠蘇《とそ》気分ぬけきらぬ三日の早朝から火蓋《ひぶた》はきられた。伏見口と鳥羽口に始まった戦さは、淀川《よどがわ》沿いに、次第に戦線を南下させた。言うまでもなく、討薩長を掲げて上洛しようとした幕軍が、押され押されて敗退したのである。

かつて関《せき》ヶ原《がはら》においてもそうであったように、洞《ほら》ヶ峠《がとうげ》で勝敗を観じていた藩も尠くない。味方と信じていた譜代に、或は中立し、或は官軍に寝返りをうたれては、いかに剣槍錬達の士が揃《そろ》っていようとも、歯は立たなかった。

ぬいの父、林権助が、水を得た魚のように、大砲隊を督励して撃ちまくり、阿修羅のような姿で、崩壊する幕軍を叱咤勉励《しったべんれい》して奮戦したが、乱戦の間に狙撃されて討死する。

只三郎の方は見廻組を率いて新選組と連絡をとりながら、或は淀の川堤に斬込みを敢行し、歴戦克《よ》くつとめたが、淀藩に寝返り打たれたとの報が、燎原《りょうげん》の火のごとく伝播《でんぱ》すると、もはや収拾はつかなかった。味方は銃を捨てて敗走した。

「とまれ、逃げるやつは斬るぞ、とまれ、薩長に背を見せるな」

粟田口国綱は鋩子《ぼうし》から柄頭まで血にまみれていた。

只三郎は咽喉笛の破れるほど叫び、二、三人を斬った。

さすがに敗走しはじめた味方も、驚いて立ち止ったが、堤を破って流れこむ奔流のような官軍の前には抗すべくもなく、また雪崩《なだ》れをうって逃げだした。

「隊長、早く、早く逃げないと」

安浦が、泥と血にまみれた顔で喚くのをふりきって、農家の屋根に駈けあがった只三郎は、

「退くな、戻れ！　それでも直参かッ、旗本の名誉を知る者は……」

血刀をふって叫びかけたが、大きくよろめき、蝦《えび》のようにがっくりからだを折ると、もんどり打って、屋根から、大根畑に転がり落ちた。

「あ、隊長！」

安浦が駈けよった。

血刀をまだ握りしめたまま、只三郎は、凍ったかたい土の上で呻《うめ》いた。

「退くな、直参の、直参の……」

「隊長、敵が来ます」

見廻組の者が、四、五人走って来て、抱えあげ、馬に乗せた。そのあたりにも流れ弾はしきりと飛んで来た。

大坂に落ちた幕軍は、しかし、ここでも、休む閑《ひま》を持たなかった。

前将軍慶喜は、わずかな近臣とともにひそかに大坂城を落ちて軍艦開陽丸に投じて江戸へ逃げ帰っていたのである。

統率者のない敗軍は、支離滅裂、或は奈良から伊賀《いが》へぬける者、紀州へ落ちる者、山陽道へ走る者、ちりぢりに落ちるなかに新選組の生き残りは軍艦富士山丸で東帰した。

只三郎の鉄砲の傷は、腰の車骨に達し、歩行も容易でない。

見廻組生残り百数十人、大坂から紀州へ落ちた。

紀州は親藩である。だが天下の大勢が、官軍一色に塗り潰されると見るや敗残兵を歓迎しようはずもない。

「御城下外へ立ち退かれるならば、敢《あえ》て、干渉は致しませぬが」

と、いう冷たい挨拶だった。

和歌山城下には妻八重の実家、久保田源蔵の屋敷がある。むろん訪れた。が源蔵が江戸詰で不在のため、傷の治療をするのに一室を借りることもかなわない哀れさだった。

敗軍のみじめさを、佐々木只三郎は骨身にしみてあじわった。

敗残の身は、痩馬《やせうま》の背にまたがっているだけでやっとであった。

鉛玉をとどめた腰は、全然動かない。鞍に荒縄で腰を縛りつけて、しかし、只三郎は、ささくれた愛刀だけは右手に握りしめていた。

和歌山の城下を追われて敗残の見廻組一行は、和歌浦湾沿いに紀三井寺《きみいでら》までたどりついて、山腹の滝之坊に一泊を乞うた。

只三郎は安浦に命じて、荒療治をさせた。

腰の肉を切りひらいて鉛玉を取り出さねば、鉛毒が体内にまわるからである。

その荒療治にどうやら耐え得て、只三郎はその夜、ぐっすりと眠りこんだ。生も死もなくただ、眠りたかった。

二

どれくらい眠ったかしれぬ。

只三郎は、突然、眠りを破られる激痛を胸に受けて、飛び起きた。

いや、飛び起きようとして、宙に泳いだ手が、むずと、誰やらの腕を本能的に摑んでいた。

——刺客!?

暗いなかに、その男は、只三郎に腕を摑まれてもがいている。尖先は左胸部を僅《わず》かに傷つけただけだった。

「出合え!」

只三郎は、曲者を突き飛ばして叫んだ。

「くそ!」

脇差をふるって、斬りこんでくるのを只三郎は枕で受け、刀を摑んだ。

鞘を投げ捨てるや、

「痴れ者！」

大喝して、横に薙いだ一刀。

刃こぼれこそしていたが、実戦きたえの国綱にかわす間もなく胴斬りされて、のけぞった。

そこへ、組士が、追っ取り刀で駈けつけて来た。

「隊長、おけがは」

安浦のかかげる手燭《てしょく》のあかりに、その曲者の苦悶《くもん》にゆがんだ顔が見えた。

「あ、こいつは……」

亀谷喜助ではないか。

「執念深いやつ……」と、只三郎は、喘ぎながら、「戦さに負けると寝首までかかれるか」かわいた声で笑った。

その笑い声が、異様に、皆の胸をつらぬいた。

粛然となったときに、

「只三郎さま、只三郎さま、夫が……」

叫びつかれた声で、女がよろめき入って来た。ぬいだった。

彼女は、草履を脱ぎ捨ててあがってくると、「あ、もはや……」引き攣《ひつ》るように叫んで、喜助の屍《しかばね》にとりすがった。

「只三郎さまの首級を奪って大名になるのだなどと申して……」

ぬいは滂沱《ぼうだ》たる涙に頬を汚して、きれぎれに言った。

組士たちは、只三郎の胸に繃帯《ほうたい》をすると、気を利かしたのか、もはや隊長を看取る熱意も失《う》せたのか、部屋を出て行った。

安浦だけが、怒気に燃えた顔で愚かな夫婦を睨みつけている。

愚かな――

愚かしくも哀れなぬい。出世欲に憑《つ》かれてとうとう死を招いた喜助。いや、哀れは、社稷《しゃしょく》を全うしようとして、虚しくあがき続けて来た只三郎自身ではないか。

近所から徴発して来たらしい酒の勢いで、淫《みだ》らな歌を唄《うた》う声が流れて来た。

――直参がなんだ？

――出世がなんだ？

不逞浪士や、裏切り者を斬り、真の武士と自惚《うぬぼ》れていたおれこそ、哀れな男ではないか？

死屍《しし》となってまで、ぬいに取りすがられている喜助が、ふと、ねたましく、只三郎には感じられた。彼の脳裡を、おえんが、小栄がそしてお八重が、走馬灯のように走り去り走り来った。

「待て！」

安浦が抜刀してぬいを斬ろうとするのを、只三郎は不自由な半身を起してとめた。

「何をする！」

「こいつも、共謀《ぐる》です、斬ります」

「莫迦ッ、よせ、女を斬って、何とする」

——この女を斬るぐらいなら……おれは、駈け落ち直後に斬っている……

安浦を退らせてから、只三郎は言った。

「おぬいさん……」

「……はい」

「おれは、あんたに怨《うら》みごとは言わぬ、責めもせぬ」

「……済みません、あたくし、自害してお詫《わ》びするつもりで」

「死なれては困る。ははは、おぬいさん、おれはあんたの顔を見ると、急に、女房に逢《あ》いたくなった」

「え？」

「驚くこともあるまい、おれには妻がある。おれにも妻がある。妻の顔を一度見てから死にたい」

「…………」

「おぬいさん、江戸の妻を呼んで来てくれぬか」

「え？……奥方様を」

「そうだ。いい妻だ、美しい女だ、しとやかな女、おれに惚れているのだぞ、ははは」

路銀だ、と金包みを、投げだして、只三郎はまた引き攣るように笑った。

――お八重、おまえだけだ、おまえだけだ、来てくれ、待っているぞ……

はげしい傷の痛みに呻きながら、只三郎はお八重の名を呼んだ。居たたまれず、ぬいは暁闇の戸外へ逃げるように出て行った。

お八重が早駕籠を飛ばして駈けつけたのはそれから二十日あまり後であった。

佐幕の剣客佐々木只三郎が手当ての甲斐《かい》もなく死んでから半月過ぎていた。

佐々木家は末弟源四郎が仲継養子となったが、同年五月、和泉橋の家で捕吏に囲まれて斬死するに及んで廃絶した。

若き天狗党

一

――とうとう来た！

はげしい動悸《どうき》だった。おとめの胸は破れるかと思われるほど、高鳴った。胸をおさえ、ふかい呼吸をして気を鎮めようとしたが、昂《たかぶ》りはおさまらない。かっかと頰《ほお》が火照《ほて》り、目がくらむようであった。

――来たのだわ、その日が……

おとめの胸の小さな秘めごと。ひそかに想《おも》い、ひそかに頰をあからめて待ちのぞんでいた日が来たのだ！　はげしい喜びと、羞《は》ずかしさと、かすかな不安と――交錯する感情の渦をおさえきれなかった。

香代はホッと、熱い息をついた。

立った。坐《すわ》った。また立った。どうしていいかわからない。

鏡の蓋《ふた》をあけ、髪のほつれをおさえた。紅の色あいが気になった。

――少し濃いんじゃないかしら、小四郎《こしろう》さまは、派手なお化粧《つくり》がきらいだから……

香代も華やかなのは好きではなかった。

御典医荘司健斎の娘としての厳格なしつけのせいもある。もともとこの御三家の一たる水戸藩《みとはん》の藩風というのが質実剛健、華美を否としているのだ。

一昨年十七の正月、在江戸の父に招かれて出府したことがある。芝居を見たり江戸を見物して、逗留《とうりゅう》したのは二十日ばかりだったが、帰国してまもなく、

「化粧の濃い女はきらいだ」

と、藤田《ふじた》小四郎にいわれた。

小四郎とはそれほどの仲ではない。香代の茶道の師である武田彦右衛門《たけだひこえもん》の妻いく女が小四郎には叔母になる。すなわち藤田東湖《ふじたとうこ》の妹だ。

そんな関係で、小四郎とも面識はあるし、口を利いたこともある。

が、藤田東湖といえば、先君烈公（斉昭《なりあき》）の側用人で諸政の改革を行い、尊攘《そんじょう》思想を鼓吹した大立者だった。安政《あんせい》二年の大地震で圧死したが、その遺徳は水戸藩の血気の青年たちに浸透し、先覚者としての尊敬は異常なほどだ。

その四男小四郎である。兄弟中でも最も東湖の遺志を継ぐ者として嘱目されている。

弱冠二十三歳にして京坂に往来すること数度、長州や土佐《とさ》、薩摩《さつま》などの志士と交流して、攘夷《じょうい》の急先鋒《きゅうせんぽう》たらんとしていた。

藩校弘道館では教授の舌をまかせたほどの聡明《そうめい》さで、加うるに情熱的な性格は血気の

青年たちの指導者の地位に、いつか据えられていた。

いつだったか、弘道館内の医学館に父の用事でいったとき、小四郎が数十人の青年を前に熱弁をふるっていたところを見た。

頬は紅潮し、茶筅《ちゃせん》に切りさげた髪がゆれ、烈々の気魄《きはく》がほとばしって、青年たちは酔ったように聞き入っていた。

口調は激越であり、語彙《ごい》も難解であったが、論旨は明快だった。叩《たた》きつけるようなすさまじい語気で夷狄誅戮《いてきちゆうりく》の叫びは、しかしおとめの胸には強烈すぎた。

——こわい人だ……

と、思った。

そうした激動の半面、静謐《せいひつ》を愛する気持が叔母のもとへ時折、足を運ばせているのかもしれない。

それまでの、香代の知っている小四郎は、むしろ寡黙で、沈鬱《ちんうつ》な表情の青年だった。

そしてそれは、因循姑息《いんじゆんこそく》な家老たちを糾弾する叫びを聞いた後でも、また同じであった。

同一人物かと疑われるほど、叔母の家で見かける小四郎はものをいわない。

顔があうと目礼するくらい。

池畔にしゃがんで鯉《こい》を見ていたときがあった。そのうしろ姿が、妙に哀《かな》しげで、香代は、はっとしたことをおぼえている。

小四郎が実は東湖の庶子で、母を幼時に喪《うしな》ったと聞いたのはそれから間もなくだった。叔母のいくを慕うのも、そんな境遇からきたものであろう。

――寂しい人……

香代は、そう思った。

なぐさめてあげたい、と思った。おとめの心にはもう母性愛といえるものが芽生えている。いちど思いきって話しかけたいと思いながら、その勇気がなかった。

過激な青年たちを指導する凜々《りり》しい一面が、おとめのこまやかな感情を一蹴《いっしゅう》するのではないか。それが、香代をひっこみ思案にした。

そんなとき、化粧が濃いといわれたのだ。

江戸土産を胸に充《み》たして、浮き浮きしていたのを、ぴしゃりとやられて、香代はムッとした。

――そんなはずはないわ、なぜ、あんなことを仰有《おっしゃ》ったのかしら……

急いで、家に帰った。母にも挨拶《あいさつ》せず居間に入った。

鏡を見た。

「そんなに濃くはないわ、白粉《おしろい》だって口紅だって……前と変らないのに。それは江戸では少しは濃く塗ったけれど、田舎者と思われたくなかったから……でも、帰ってきてから、前と同じつもりなのに」

　鏡にむかって、香代はふくれてみせる。

「ねえ、お香代さん、少しも変っていないでしょ、ほんの少し……そうねえ、少し、心もち、ちょっぴりじゃありませんか。なにも、あんなふうに仰有ることはないわ……」

　ひとりごとをいっているところに、下女のせきが梅の枝を持ってきた。

　小四郎のもとから届けられたというのである。

二

「——一筆啓上仕《つかまつ》り候《そうろう》、先刻の卒爾《そつじ》なる放言御寛容被下度《くだされたく》、即《すなわ》ち飛札を以《もっ》て前言取消し度《たく》存じ候……」

　一輪の白い花をひらいた梅ケ枝《うめがえ》に結ばれた蝶《ちょう》むすびの書面には、こう書きだしてある。いかにも東湖の子らしい、固い書体が無骨な感じで、内容はおよそ左のような意味であった。

　——顧れば其許《そこもと》様とは知己と申すほどではない。二、三度の面識だけで、あのような僭越《せんえつ》な言葉を吐いて、さぞかし御不快であったと思う。軽率な言動を愧《は》じている。このようなじぶんではなかったつもりであるが、其許様が江戸おもてに遊行なされし、と聞いたせいであろうか？

じぶんも江戸や京坂はよく存じておるが、この多事多難なおりに、軽佻浮薄《けいちょうふはく》、華美《かび》淫風《いんぷう》な子女に顰蹙《ひんしゅく》することが多かった。それを憂えるのあまり、其許様を見る目が、先入感に禍《わざわ》いされていなかったとはいえない。

もしもそうだとしたら、謝罪しなければならない。だが、なお、一言附加《ふか》するを許して頂けるならば、出府以前の其許様は化粧なされているとは見えぬ清らかな肌だったと思う。唇また同断。これもじぶんの錯覚であろうか……。

香代は、また鏡を見た。

化粧は濃かった。たった二十日だったが、江戸の華美にやはり馴《な》れてしまっていたのである。

香代は、そっと唇を拭《ぬぐ》った。

おとめの唇は、紅筆を必要としない、しぜんの美しい色だった。

白梅の枝を今年竹の花筒に活《い》けると、馥郁《ふくいく》たる清香《におい》が小部屋にひろがった。

「――小四郎さま……」

はじめて、香代はその人の名を呼んだ。梅ケ枝にむかって。

その日から、香代はもの想う娘になった。

――小四郎さまは、ずっとまえから、あたしのことを見ていて下さった……

寡黙なだけでなく、微笑すらむけたことのない男が、そこまで観察していたというのは、好意以上の感情が働いているのではないか。

そう思うと頬が熱くなる。

嬉《うれ》しさと、不安と——そして、思いすごしではないかとすら、思った。

——思いすごしじゃない。小四郎さまは、ずっと前から、あたしのことを……

何度も、何度も、手紙を読んだ。行間に匂《にお》う男の体臭を、胸の底を見きわめたかった。

そして、それほどやっきになっている、じぶんの姿をふりかえったとき、香代は、はっきりと、小四郎に抱いていた感情が恋、だと気がついたのである。

ためらいは、短かった。

香代は、巻紙をとりだし、硯箱《すずりばこ》の蓋をあけた。

——数ならぬ身の、わたくしごとき者を、さほどにお心にかけさせられ給《たも》うこと、ただただ嬉しく、よそおい華やかならむとの、おみなの心ばえのあさましさ、ひろきお心にくらべ、恥ずかしさ消え入るばかりに御座候、一目おめもじの上、お礼申しあげたく候えども、お逢《あ》いかないしとても、おん前にては声も言葉となり難きまま、かくは御返事したためまいらせそろ……

この文もまた、庭前に咲きほこる紅梅の枝に結びつけられた。

古風なばかりの梅ケ枝を恋の使者としての往復はしげく、二人の仲は比例して深くなっていった。

だが、小四郎も多忙であり、二人だけの逢瀬《おうせ》は、延べ時間にしてもしれたものだった。夫婦約束もし、唇もちぎったが、小四郎はそれ以上をもとめなかった。万一をおもんぱかって、おのれに耐えた。

女にはしかし、六十余州を蔽《おお》う風雪の去来は理解できない。小四郎の妻と呼ばれる日を、ひたすらに待っていた。

そして今日――

小四郎が訪れてきた。

裏の梅園では、もう紅梅も盛りをすぎて、灰いろの曇り空に残りの紅点が、それと数えられるほどだ。やがて桃の季節――

ふいに鶯《うぐいす》の声を聞いたように思って、香代は、もの想いの目をあげて、梅樹を見た。もうひところのように、鶯の姿も見かけなくなっていたのである。

鶯は地に散り敷かれた紅片に惹《ひ》かれてきたのだろうか。懐しいような気持で鶯の行方を追っている目に、その紅片の敷かれた径《みち》を、藤田小四郎が歩いてくるのを見て、あっと思った。

夢かまぼろしのような気がした。

裏木戸から入ってきたのだろうか？

丸窓のなかの吃驚《びっくり》した顔に、小四郎はおだやかに笑いかけた。

「まあ、小四郎さま！　どこからお出《い》でになりまして？」

「空からだ」

「え？」

「わたしは天狗《てんぐ》だからな。香代さん、腋《わき》の下に羽が見えないか？」

「御冗談ばかり……ほんとうに驚きますわ」

「驚かせるつもりじゃなかったのだが」と、小四郎は木戸のほうをふりかえった。「梅花も終りだな」

とってつけたように、そういい、

「ところで、御両親に話があってきたのだが、左様に申し上げてくれぬか？」

両親への話。

それが何を意味するか、いまの香代に結婚の申し込み以外の何が考えられたろう。

常識的には人を立ててくるものだが、行動的な小四郎を見ていると、そうしたことも不自然には考えられない。

香代の胸はおどろにさわいだ。

奥で三人が話しているあいだ、居間でひとり落着かなかった。

——とうとうこの日が来たのだわ、小四郎さまがあたしを貰《もら》いたいと仰有る。お母さまは、ふつつかな娘でございますが何とぞ末永く……ふふふ、羞ずかしい！……

立ったり坐ったり、鏡をのぞきこんだり。

頰のほてりを、そっと両手で蔽う。幸福感で飛び立つおもいだ。天狗のように羽があったら、舞いあがりたい――

――天狗⁉　天狗と仰有った……

はっと黒い雲を見た気がした。と、衣《きぬ》ずれの音が近づいた。

母だった。

羞《は》じらいの笑顔をふりむけて、香代はおもてをこわばらせた。

「…………」

そこに、憂いを耐えたきびしい母の顔があった。

三

母は、娘の顔を見ると、冷たく笑った。それはしかし、むりな作り笑いだった。すぐにこわばった。

「藤田小四郎さまは、おまえを娶《めと》りたいと申し込みになりました」

――やっぱり！　思った通りですわ、わかりますの、あたしには。

「そなたの気持はわかっています。香代も喜ぶことでございましょう、そう返事申し上げました。よろしいでしょうね、香代さん」

「はい」

——ええ、ええ、喜んでいますわ、こんなに、こんなに、気が遠くなるくらい……

「香代さん、荘司家は代々医術をもってお仕えしていますが、士分としての格式を与えられています。武家の妻女の心得は充分教えてありますね？」

——ええ、わかっていますったら！　そんなことより、なぜお母さまは、そんな哀しそうなお顔をなさっていらっしゃるの？　香代のために喜んでは下さいませんの？……

「小四郎どのは、今夜、内輪だけの仮祝言をあげたいと申されましたのよ」

「今夜？……」

「小四郎どのは……」母の声はふっと、とぎれた。哀しみに必死に耐えていた。涙をおさえているのだ。「お家の情勢が切迫しているのです。わたしには難しいことはわかりませんん、小四郎どのは攘夷の急先鋒となって旗あげをなさる」

「…………」

「戦さに出陣なさるのですよ。そのまえに、そなたと……」

なんということだろう、なんということだろう！　香代は頭が混乱してきた。

母の話は平易だった。かんたんなことなのだ。小四郎は出陣するという。その前に仮祝言をあげたいという。それだけのことだ。

それだけのことながら、結婚というバラ色の夢を見ていたおとめには、何と残虐なひびきをもった話だろう。

香代は言葉がなかった。

真《ま》ッ蒼《さお》になった。

「香代さん」

急に母の態度が変った。いかめしい武家の妻女の面を剝《は》いで一人の老女の顔になっていた。弱々しい表情に、女の利己的ないろが濃くにじんだ。

「おまえ、いやだったら断ってもいいんですよ。小四郎さんもそう仰有っている。生還できるかどうかもわからないのだからと……ねえ、無理なお話なのです、お父さまは東湖さまを尊敬しておいでだし、小四郎さまをほめていらっしゃるし、おまえも、小四郎さまが好きだったから、だから、だから……」

おろおろと母はかき口説いた。おろおろする声にともなわれたように涙がふりおちた。

「お断りしてもいいんですよ。ね、聞きわけのないお方じゃありません、ね、ね、そうしましょうね、お断りしましょうね」

母は念をおすと、漸《ようや》く、涙を拭《ぬぐ》い、安堵《あんど》したように笑顔を見せて腰をあげようとした。

「待って！」

はげしく香代はさけんだ。

「何と仰有《おつしや》って？　お断りするなんて、何を仰有るのかしら。あたし、小四郎さまにお嫁入りするの、ええ、そんなことときまっているじゃありませんか」

母の呆然《ぼうぜん》とした顔こそ見ものだった。

香代は楽しそうに笑った。

「小四郎さまは、戦さに出ても大丈夫ですわ、お強いのですもの、刀だって、槍《やり》だって、鉄砲だって！　ええ、大丈夫ですったら！」

この娘が、こんな声を出したことがあったろうか。

母は、十八年間だまされていたかのようにまじまじと、わが娘を見つめている。

親同士の話しあいで、好きも嫌いもないままに輿入《こしい》れしてきて、それはそれで大過なく夫婦として暮してきた。愛とは、そのようなものだと理解している。

肌のちぎりも交さぬうちに、どうしてこの娘は小四郎にいのちが賭《か》けられるのだろう。

娘の至純な情熱は理解の外だった。

仮祝言——といっても盃《さかずき》ごとだけだった。

父の健斎は、もともと飲めない人なので、一杯の盃で耳まで赧《あか》くなってしまい、

「鶴亀《つるかめ》をうたおう」

といった。

「近所に洩《も》れては」

と、小四郎は遠慮した。

かれが裏口から入ってきたのも、尾行の目を警戒してのことだったのである。

形ばかりの式が済むと、

「わたしの立場は難しい。尊皇攘夷のために徳川《とくがわ》宗家に謀叛《むほん》ということになるのだから失敗すれば、一命はない。のみならず、親類一族にも迷惑を及ぼすことになる。この婚姻は、わたしたち当事者だけの決めごととし、すべての証拠は消さなければなりません」

小四郎は懐中から一束の書面をとりだした。

「香代、そなたからいままでに貰ったものだ」

「…………」

「わたしがあげた手紙があるなら、持ってきなさい。ぜんぶだ」

「——どうなさいますの？」

「焼く」

「え？」

「焼かねばならない。万一を恐れるのだ」

梅ケ枝の使者で交した恋の文。

恋の使者は、その恋が実ったとき無用となるのか。はじめは拒んだ。叱《しか》られてしぶしぶ出して来た香代は、愛の言葉が、炎に舐《な》められて、焦茶いろにほろほろと浸されてゆき、そしてむざんな灰となってゆくのを、涙のあふれるにまかせて見まもっていた。

紫いろのけむりは、梅樹にまつわりつきながらゆるやかにのぼり、紅の残花をいろ褪《あ》せさせるように、いつまでも曇り日のもとでたゆとうていた。

そのけむりと火と――

愛の終りではないの、二人の門出を祝う切火の炎だと、香代は必死に胸で呟《つぶや》きつづけていた。

四

藤田小四郎は、その夜のうちに水戸城下から姿を消した。

かれを狙《ねら》う因循姑息な佐幕派の兇刃《きょうじん》が身辺に迫っていたのである。

当時――安政文久元治《ぶんきゅうげんじ》という時代は徳川幕府二百六十年をくつがえす大事件が連続した動乱期で、したがってどこの大名でも、藩論が対立しあるいは鼎立《ていりつ》して、血風が吹きすさんでいた。

一口にいえば勤皇と佐幕であり、開国論と攘夷論の争闘である。

その単純争闘を複雑化するものには、勢力争いや、代々圧迫された農民の動揺や、下士の台頭や、混乱につきものの人間の欲望が介在するから、変転し翻転し、思想の真相などとらえ難いことおびただしい。

その上、幕府も幕末には利口になって、大ていの大名と血縁関係を結んでいる。したがって、元和寛永《げんなかんえい》のころだと単純に割りきることができたであろう問題も、この時代には情誼《じょうぎ》や名分が錯綜《さくそう》して、なかなか決断できなかったわけだ。

長州の毛利《もうり》のように幕府と血縁のうすい大名は、因循派を一掃したあとは挙国一致、討幕に進めたが、同じ維新の推進力となった薩摩や土佐などは、前記の関係があるから、姑息な融和政策である公武合体論から、なかなか脱却できなかった。

明治以来、今日に至るまで長州藩、長州人が政治の中枢に根を張っているのは、

「幕府を倒した主体は長州だ」

という自負と勲功が残っているためである。

さて、話がそれたようだが、外様大名でもそういう形勢だったのだから、御三家の一たる水戸藩の佐幕派が最後まで強力だったことは当然といえよう。

御三家とは周知の通り、尾張《おわり》、紀州と水戸で、徳川宗家を補佐する存在だ。それぞれ先祖は家康《いえやす》の子である。

この水戸藩に天狗党のような、アンチ幕府のグループが出現したのには、二つの大いなる理由がある。

その一つは、西山公水戸黄門《みとこうもん》による大日本史の編纂《へんさん》（後に烈公斉昭が修訂上梓《じょうし》した）と、国学の振興がもたらした熱烈な国粋思想であり、いま一つは、黒船さわぎ以来の世

相の不安を反映した物価騰貴、下級士の貧困窮迫による忿懣《ふんまん》が、尊皇攘夷という、物心両面で合致したわけだ。

このことは天狗党の人々が多く中以下の士分と農民、浮浪者などから構成されてい、佐幕派たる諸生派が、家老をはじめ、上士、中士を母体となしていることでも、異論のないところだ。

つまり、天狗党は現実の混沌《こんとん》を打開しようとする革新派であり、諸生派は現状の徳川幕府の封建性を是とする保守派といえる。

この関係はあらゆる意味で現代と共通している。

こう考えてくると、読者は一つの疑問に突き当るだろう。

諸生派とても藩士であるなら水戸学の洗礼を受けたはずではないかと。

ここに水戸藩の矛盾がある。国学が振るったのは烈公の時で、東湖の父幽谷《ゆうこく》らの努力がもたらしたものであり、世襲たる家老たちの牢固《ろうこ》たる信念を動かすには至らなかった。

御三家の家老というのは、陪臣であって陪臣ではない。藩祖を補佐するほかに、目付としての性質も帯びている。東照神君《とうしょうしんくん》のお声がかり、附家老《つけがろう》であった。

幕末になっても、その伝統は変らない。

英邁《えいまい》、その右に出るものなしとまでいわれた烈公も、この家老たちを圧《おさ》えるわけにはいかなかった。

佐幕派の扶植される余地がここにあった。

時の大老井伊《いい》は老獪《ろうかい》にして狡猾《こうかつ》、烈公の英知と信望が幕府にあだなすものとして、ことごとに反対意見に立っていた。英明の聞えたかい第七子慶喜《よしのぶ》を将軍に迎えんとする空気をおさえるために、れいの安政の大獄を断行した上、前記、佐幕派の家老たちを援助し、尊攘派——即ち烈公の寵臣《ちょうしん》たちへ圧迫の手をのばした。

尊攘派にはさらに不運が重なった。

烈公の死である。（自刃したとの説もある）

十代で立った慶篤は総領の凡庸の人で、烈公の意志を継ぐどころではない。

「よかろう様」と渾名《あだな》されたように、なんでも、そのへんでよかろう、と承認していて、あとから平気でひっくり返す。なんでもよかろうだから、朝令暮改は茶飯事になる。

識見もなく、決断力もない。優柔不断な性格は、結局、君側《くんそく》の奸臣《かんしん》の思うままだ。

さて、藤田小四郎は、そうした情勢の中で、敢然と尊皇攘夷の狼火《のろし》を筑波山《つくばさん》にあげたのである。

主将には町奉行の田丸稲之衛門《たまるいなのえもん》を立て、斎藤佐次衛門、竹内百太郎ら六十人あまり。

その主張するところは、攘夷の勅 諚《ちょくじょう》が出たのに幕府では一向に夷狄を討たない。条約を廃し、横浜の夷狄を殲滅《せんめつ》し、挙国一致、攘夷興国の実をあげる急先鋒たらん、というにある。

檄《げき》は八方に飛んだ。

「夷狄斬《き》るべし、奸臣誅すべし」

その旗印のもとに、陸続として同志は集った。

小四郎を敬慕する血気の若侍たちを中核として、稲之衛門の手兵、神職、郷士、農民ら、身分階級はまちまちだったが、あふれるばかりの熱意は軍資金の不足にも、闘志がくじけなかった。

筑波山は水戸を去る西南十三里の地点、突兀《とつこつ》として常州平野にそびえる九百米《メートル》たらずの山塊だ。山頂に立てば一望千里、霞ケ浦《かすみがうら》は東南の足下にあり、遠く鹿島灘《かしまなだ》の銀波をのぞみ、ふりかえれば関東平原、坦々《たんたん》としてひろがっている。

五

「小四郎どの、困ったことになった」

田丸稲之衛門が、こういったのは、最初に旗上げしてから二ケ月あまりたった五月の末。

筑波山は蟬《せみ》の声に蔽われている。

小四郎は本営のそばの谷川で上半身を拭《ふ》いていたが、浅黒く日焼けした顔をふりむけた。

「総帥に弱音をはかれては、われわれが困りますな」

「いや、また麓《ふもと》の村方から訴えてきたのだ。土蔵を襲い金穀を奪ったのみか、婦女まで犯したというのだ」

「またか！」

小四郎は吐きだすようにいった。

「あれだけ訓令したのに後をたたぬ」

「やる奴《やつ》は少数の奴らなのだ、しらべだして誅戮《ちゆうりく》せねば、われわれの大義も地にまみれてしまう……」

同志は増えていた。

すでに、四百人以上を数えている。

小四郎らは、先月日光《にっこう》に行き、太平山《おおひらさん》でも烽火《ほうか》をあげている。宇都宮《うつのみや》の同志を募ったのだ。宇都宮は坂下門事件に先立って捕えられ刑された大橋訥庵《おおはしとつあん》などの思想が浸透しており、藩士あげて参集するかと思われたが、自重派が藩論をおさめて、僅《わず》かに数十人が加入しただけであった。

壬生《みぶ》も、足利《あしかが》も館林《たてばやし》も、期待した挙兵の実は一向にあがらなかった。

一行はふたたび筑波山に帰ってきたのである。

桂小五郎《かつらこごろう》から貰《もら》った軍資金五百両もつかいはたし、軍勢は少しずつでも増えているから、食糧も大変だ。

そこで、府中《ふちゅう》、柿岡《かきおか》、真壁辺で、木綿糸の貿易で私腹を肥やしている連中に、軍用金の調達を命じた。

「夷狄と通商して莫大《ばくだい》な利を得ているのは許しておけぬ」

商人たちは胆《きも》を冷やした。

大砲をぶちこまれてはたまらない。

千両箱を荷車に積んで献金にきた。二万五千両余。

これでどうやら軍用金はできたが、烏合《うごう》の勢は、しだいに本性をあらわしはじめた。村におりて女はからかう、鉄砲はぶっぱなす、殺傷はする。放火して金品を奪ったやつもいる。

当初は人数さえ集まれば、という気持だったから、集まるをこばまず誰《だれ》でも入れた。浮浪の徒や博奕打《ばくちう》ちが、

「筑波に行きゃ、酒が飲み放題で女を抱き放題とよ」

そんな調子で集まった者も少なくない。

幕府がわでは、攘夷の勅諚を握りつぶしている弱味もあるし、水戸藩内の問題としてほうっておいた。だが、

「筑波の天狗党が群盗化して荒しまわっている」

と、風評が高くなってくると捨ててもおけなくなる。

「いまのうちに手をうたねば、われわれの挙兵は至純な意識を失ってしまうぞ」

「わたしにまかせて下さい」

小四郎は、きっと眉《まゆ》をあげていった。

岩谷敬一郎、千葉小太郎らの同志を呼んで、

「どんな手段でもよい。放火暴行のやつらを探しだせ、村方から生証人を連れてきて、指摘させるもよかろう」

百姓たちはおびえたが、小具足を与え、槍を持たせた。

山中の陣屋をまわって、指摘させたのである。娘を奪われ、妻を強姦《ごうかん》されたかれらは、必死になって探しだした。

三日目。

全軍を山頂に集めた小四郎は、その男たちを呼びださしめた。

むろん、裏づけとなる調べもついていたのである。

二十人にあまる不逞《ふてい》の浪士たちが、けげんな顔を並べたとき前方にいた小四郎の輩下三十人ほどが、一斉に鉄砲の筒口をあげた。

「強盗放火、婦女凌 辱《りょうじょく》の罪で処刑する」

小四郎は凜然《りんぜん》と叫んだ。

「ちくしょう！　何を吐《ぬ》かしやがる。助けてくれ、おれア知らねえ。糞《くそ》ッ、やられてたまるか。攘夷もへったくれもあるか」

毒づき罵《ののし》る声が混然と渦巻いて、うわあッという名状し難い叫びで全山をゆすった。

おとなしく死ぬやつはいない。抜刀しざまにたたたッと小四郎に斬りかかった。

轟然《ごうぜん》！

百雷の一時に落ちるように、三十挺《ちょう》の鉄砲は一せいに火を吹いた。

濛《もう》ッ、とあたりをこめる硝煙の中から、二人ばかり、小四郎に走り寄るのが見えた。

「あっ！」

と、息をのんだ刹那《せつな》、白刃が閃《ひらめ》いた。鏘然《しょうぜん》とはがねが啼《な》いて黒い影がもつれはなれたと見えたとき、二人の影が地を抱いて倒れた。

嵐気《らんき》に硝煙が吹きはらわれ、小四郎が刃の血を拭《ぬぐ》っているのが見えた。

「おお、さすがに手練《てだれ》でござるな」

田丸稲之衛門は感嘆した。

斬られた二人の不逞浪士は、もうびくりとも動かなかった。

「鉛の玉がどこやらを傷つけていたのではないか。もろすぎた」

ひとごとのようにいって、

「見た通りだ」と、百姓たちにいった。「もう二度と村を荒すやつはいないと思う。ことわっておくが、天狗の名をかたった流賊もいるはずだ、そいつらの責めまでは負えぬ」

諸生派の領袖《りょうしゅう》、市川三右衛門、永見貞之丞らが七百の追討軍をひきい、幕兵三千と呼応して筑波山に押し寄せてきたのは、その翌日であった。

「うぬ、虎《とら》の威をかりての攻撃か」

卑劣な市川らのやり口に憤怒をあおられて、

「山上に籠《こも》るよりは、出でて戦おうぞ」

筑波勢四百。挙兵いらい、はじめての戦いといっていい。

下妻口《しもつまぐち》で応戦した。

が、敵は多勢の上に大砲三門、新式のスナイドル銃をそろえている。

散々に撃ちまくられて、数十人の死傷者を出してしまった。

「こうなれば奇襲しかない、夜を待とう」

七月八日の日が暮れた。月の沈むのを待って、三手にわかれて敵陣に近づいた藤田勢は小四郎のはなった一発を合図に、どどっとミニエー銃をぶちこみ、抜刀して斬りこんだ。

地の理には通じているし、多勢を討つには寡勢の必死の斬りこみである。

諸生派追討軍は、寝耳に水の狼狽《ろうばい》で、血刀が舞い、悲鳴と叫喚の修羅場裡《しゅらばり》に、半数の死体を残して敗走した。

「チェッ、チェッ、チェッ!!」

小四郎は、さながら鬼神と化したように、全身これ血。右に斬り左に薙《な》ぎ、憤怒の形相すさまじく荒れ狂った。

混乱の中に、意外にまぢかく、永見貞之丞の顔を見た。

「ぬ! 永見、待て」

「小四郎か」

永見貞之丞は巨漢である。スナイドル銃を逆手に持って叩《たた》きつけてきた。一打ち、さけた。二打ち、とんだ。三度び、ぶるん! と銃が夜気に唸《うな》った刹那、貞之丞の顔から鼻柱へ一線血の糸が走った。

唐竹《からたけ》割りに頭頂を割られて、一瞬で、貞之丞は死んでいた。余勢だ。スナイドル銃は死人の手に握られたまま、ぶん回った。そのすさまじい勢いで、死体は三間もはねとんだ。

六

幕兵が駈《か》けつけたらしく、闇《やみ》のなかで銃声がどどどっと夜の天地をゆすり、びゅんびゅん鉛玉がかすめて飛ぶなかを、小四郎は血刀をひいて走った。

この勝利がもたらしたものかどうか。

その後、情勢は一変した。

同じ天狗党のなかまで、小四郎らと意見をことにするあまり、諸生派と組んでいた連中が、市川らに利用されたことに気づき、袂《たもと》をわかって、江戸の藩公慶篤に市川らの卑劣を訴えた。

「よかろう様」はうなずいた。「よかろう、そうせえ」

市川三右衛門や朝比奈弥太郎は、一朝にして家老の地位を奪われたのである。

藩政は天狗党の執《と》るところとなった。この報は筑波勢を湧《わ》かせた。

だが、この逆転劇は意外な方向に進展した。

というのはお役御免となった朝比奈弥太郎は輩下数十人をひきいて水戸へ帰る途中、敗残の市川三右衛門にあった。かれは三百数十人の家来をつれている。

「やむを得ませんな、国元へもどって再起を相談しましょう」

水戸城には、保守派しか残っていない。

慶篤を説得して江戸藩邸をおさえるために革新系は一人もいない。鈴木《すずき》石見守《いわみのかみ》、太田《おおた》丹波守《たんばのかみ》などは保守派だから、市川たちは喜んだ。

「城を占拠すればこちらのものだ」

そして、城内を固め、天狗党の家族たちを捕えて牢にぶちこみ、家を焼いたり、妻女を縄つきにして、市中を引き廻《まわ》しの恥さらしにしたりした。

情報は筑波山に入ってくる。

「うぬ、いよいよもって卑劣きわまる。かかりあいない妻子を捕えるなぞ何ということをする」

家臣に罪あらば、主君はこれの生殺与奪の権を持っている。況《いわん》や、家老を罷免《ひめん》された者が、反対派の家族に手をだすなぞ、許されることではない。完全に、私怨《しえん》だ。

もはや攘夷の是々非々ではなく、勢力争いでしかない。

——叔母上や甥《おい》たちはどうなったろうか？　まさか香代まで魔手は及ぶまい……

恋文を焼いてよかった、と思った。

あの連中だ。どんなことをするかしれたものではない。一点の疑いも残してはならなかった。

「家族を見殺しにはできぬ。救援にゆこう」

筑波勢は山を下った。

一方、藩公慶篤もいくらなんでも拱手《きようしゆ》してはおれない。じぶんの代理として、宍戸《ししど》藩主《はんしゆ》松平《まつだいら》大炊頭《おおいのかみ》頼徳《よりのり》を水戸に派遣することにした。

武田《たけだ》耕雲斎《こううんさい》、山国《やまぐに》兵部《ひようぶ》、執政の榊原《さかきばら》新左衛門《しんざえもん》らも、これにしたがった。

筑波勢が途中で出むかえ、一行は四千人ちかい人数になっていた。

水戸城をかたく閉ざした市川らは、

「宍戸侯御一人ならば藩公の名代としてお迎え仕るはいうまでもござらん、なれど、筑波の賊徒は一歩たりとも入らせませんぞ」

宍戸侯は困惑した。

鎮撫《ちんぶ》の役目が、いつしか四千人の天狗党の首領視されるようになったのは、こうした推移からである。

もとより宍戸侯大炊頭頼徳は戦争を好まない。が、市川、朝比奈のほうには目算があった。

ここで揉《も》めていれば幕府が黙っていない。

幕府方にとっては好餌《こうじ》といえる。

すぐさま宍戸侯に永蟄居申《ながちっきょ》しつけるや、田沼玄蕃頭《たぬまげんばのかみ》が追討総督として関東各地の大名に出馬を要請し、その数六万。

水戸城で激戦の末、敗走した天狗党は、那珂湊《なかみなと》でこの大軍にとりまかれた。

二千と六万である。勝算はない。

宍戸侯は、

「余の身にかえられるならば」

と、覚悟をきめて和平の協議におもむいた。

罠《わな》はつくられていた。宍戸侯頼徳は捕えられ水戸城内に拘禁された。扈従《こしょう》の家臣、鳥居ら四十二人を斬《ざん》、宍戸侯は官位を剝奪《はくだつ》され、邸宅没収、切腹の命令がとどいたのは十月二日。

三十六歳を一期として頼徳は切腹した。

思ひきや野田《のだ》の案山子《かかし》の竹の弓
引きもはなたで朽果てんとは

辞世である。

武士の情誼を信じ、幕府の良識を信じて、遂《つい》に裏切られた憤りである。

榊原新左衛門の一派も降伏した。

「いよいよ最後だ」

と、藤田小四郎は同志にはかった。

「われわれは降伏なぞせぬ。六万に五百で当る、武士の本懐これにつきるではないか」

「無謀だ」

誰かがいった。

「無謀は承知だ。われらの目的は、尊皇攘夷の旗を高くかかげるだけでよいのだ。それが成るか成らぬかは、時の運だ。天にはさからえない。人智《じんち》は、やるだけやれば、それでことたりる。その先に死があろうと生があろうと、それは成り行き次第なのだ」

あの、火を吹く論調である。粛然とみんな黙りこんだ。

そこへ、見張りの者が入ってきた。

「武田耕雲斎の名代として、武田魁介《たけだかいすけ》どのが見えました」という。

「追い帰すがよい」言下に田丸がいった。「いまごろ何だ。かれらはわれわれを嫌っていた、暴徒と揚言していたというぞ、それが何ゆえいまごろ使者を寄こすのだ」

天狗党という名称のなかで、さらに派閥があったことは、階級差の必然である。思想は同じでも、博徒や浮浪の徒は同志たる資格なし。武田耕雲斎は藩の重役であった。なろうことなら、合流をこころよしとしないのも、わからないではない。

頼徳という支柱を失い、腰ぬけの投降者続出となったいま、筑波勢と合流することが、唯一の打開策だったのである。

田丸稲之衛門をなだめたのは小四郎であった。

「この場合、些事《さじ》にこだわらぬことです。われわれのなかには、嘗《かつ》て、たしかに浮浪の徒がいた。悪事もした。それは事実なのだ」

「…………」

「そして、現在、そういう者が一人もいない、ということも事実です。この事実を見て合流を申しこんできたにちがいない。それでいいではないか」

武田耕雲斎は、合流したことによって総帥となり、山国兵部が参謀。田丸と小四郎は副将となった。

耕雲斎は彦右衛門の父である。血こそ通ってはいないが、この頼母《たのも》しい外孫を眺めやって微笑した。

「梅園で焚火《たきび》をしたというな」

「はい」

「よい措置であったな。死なないでくれい」

心からの言葉だった。

耕雲斎の一族は妻ときをはじめ多くの子と下女まで囚《とら》われ、彦右衛門の家族も又、おなじ憂目にあっていたのである。助かるはずもない獄舎のなかで、家族たちはどうやって寒さをふせいでいるのであろう。

七

攘夷は勅諚である。天皇の命令を幕府が愚図愚図しているから、拍車をかけるために立ったのだ。謀叛とか反逆に類する烽火ではない。幕軍と戦ったのも、その気があってのことではない。市川らの卑劣な弾圧と戦ったまでで、これも先君烈公の意志を継がんためで他意はない。

罰されるべき理由は一つもないのだ。

幕府が片手落ちの処分をするおそれがあるから、京にいって朝裁を請おう。幸い、京には一橋慶喜公《ひとつばしよしのぶ》が滞在せられておる。京へ上ろう、武田耕雲斎の発案のもとに、一行千余人は那珂湊から西上の途にのぼった。

元治元年十月二十三日のことである。鹿島灘から吹き寄せる風は、雪片を含んだような冷たさで、一行を追いたてた。

一行は鎧《よろい》兜《かぶと》または黒の竪烏帽子《たてえぼし》、陣羽織の軍装で高く紅白の旗をかかげ、隊伍《たいご》を区別する馬印、騎馬では抜身の槍をかいこむというものものしい恰好《かっこう》。

引馬五十五頭、乗駕籠《のりかご》五十五挺、具足二十荷、玉薬箱七棹《さお》、車台附《つき》大砲九門、八百人前後だったと『水戸藩史料』にはある。

挟箱や長持には葵《あおい》の金紋がついたままだし、駕籠は長柄、この大人数の行列ぶりは、三四十万石の大大名の格式で堂々たる陣容であったという。

常陸《ひたち》の佐貫《さぬき》から下野《しもつけ》に入り、八溝山麓《やみぞさんろく》を西北に進んで、佐野附近《さのふきん》より上野《こうずけ》に入り利根《とね》川《がわ》をさかのぼって下仁田《しもにた》、本宿《もとじゅく》、十一月半ばには碓氷峠《うすいとうげ》を越えて漸《ようや》く信州に入った。

これまでに高崎藩兵と交戦して蹴散《けち》らしてきたが、和田峠《わだとうげ》の樋橋《とよはし》には松本《まつもと》、諏訪《すわ》の兵二千が待ちかまえていた。

地の理はわからず、折からの雪に連絡がとぎれ、漸く追い払ったが、かなりの損害をうけた。

一同は霏々《ひひ》たる雪の空に暗澹《あんたん》たる瞳《ひとみ》をむけた。

それでも、まだ、この程度の雪ならよかった。信濃《しなの》から伊那路《いなじ》を下って美濃《みの》へぬけ、名古屋に寄る予定を変更して越前へ入った。

関ケ原《せきがはら》など京への要衝には大垣《おおがき》、彦根《ひこね》などの軍勢が陣を張り大津《おおつ》には一橋慶喜が追討軍として出てきたという。

縁戚《えんせき》ではあるが、かれらにしてみれば旧主なのだ。弓を引く気にはさらさらなれない。

だが、このあたりまで来たときは、さすがの水戸の天狗たちも長旅強行軍の疲労が色濃く、五十五人の重傷者は、あるいは切腹し、あるいは駕籠から転げ落ちて死んだ。

越前境の灰星峠は聞えた難所である。

積雪は膝《ひざ》を没し、降雪は視界をさえぎり襟《えり》や目鼻に舞いこんだ。

「しっかりしろ、もう直ぐだ、あと一息だ」

小四郎は薙刀《なぎなた》を杖《つえ》ついて、駕籠を押したり荷車をひきあげたりした。

駕籠の中で、静かになったと思ったら、いつしか死んでいたりした。重傷者のなかには、雪の中に転がって号泣する者もあった。

「殺してくれエ、介錯《かいしやく》してくれエ」

霏々粉々たる雪の山で、呪詛《じゆそ》のように聞える。小四郎は刀を抜き放った。

安手な情ではわりきれない。小四郎はその男の介錯をした。誰もその凄惨《せいさん》な光景を見

返る者もいない。もとどりを切って懐中にした。遺族に渡してやるのだ。これもしかし、

「おれのいのちがあれば、だ」

小四郎は雪のなかで、虚《むな》しい声をたてて笑った。

「頑張れ、峠を越えれば、雪も浅くなる。宿で湯に入れる、出湯《いでゆ》があるはずだ、温かい湯漬けが食べられるぞ、そうだ山くじらの味噌煮《みそに》もな」むろん、口からでまかせだった。

ともすれば足がとまる。凍傷になるのに、百も数えれば充分だろう。眠たくなって倒れるやつがいる。凍死してしまうのだ。

槍の柄で殴りつけ、蹴とばして起した。

そうしてこの難所を、ようやく越えてたどりついたところに何が待っていたろう。

筑波の天狗たちが、いかに強いかは、尾鰭《おひれ》がついて伝えられている。沿道の小藩では、だから見て見ぬふりをしたり（同情もあった）、間道を案内したりした。越前から京はすぐだからそんなことは許されぬ。といって大野《おおの》の土井《どい》氏は小藩で、派手な抗戦ができない。

かれは、秋生、中島、法慶寺という天狗の宿舎になりそうなところを焼き払い、橋を落して、進路を阻んだのである。

「ああ！　家が、湯が、食物が……」

羽をもがれた天狗か。いな、くちばしを折られた烏天狗《からすてんぐ》ほどもなかった。雪のなか

にぶっ倒れてしまう。

寒気と飢餓と――

厳冬師走初旬の雪はあまりにも深く、寒気はあまりにもきびしく天狗たちを苛《さいな》んだ。

八

刀折れ、矢尽きた一行が降伏したのは十二月十八日。全行程二百十里を五十六日で跋《ばっ》渉《しょう》してきたのであった。

征討総督は一橋慶喜であり、とても刃向いなどできない。

「同じ降伏するなら、武士としての情けある取計いをしてくれる加賀藩《かがはん》の虜囚《りょしゅう》となろう」

小四郎がそういった。

加賀藩兵の軍監永原甚七郎は、疲労困憊《ひろうこんぱい》の一行の窮状を見かね、

「降伏なさるも、応戦なさるも意のままでござる。さりながら飢えた身の如何《いかん》ともなすべきにあらねば」

といって、白米二百俵、漬物十樽《たる》、清酒二石、鯣《するめ》二千枚を天狗党に贈った。

一行が降伏したときの人数は小者など含めて八百二十三人、中に婦女も交っていたという。

永原はかれらを遇するに、衣を与え、食は豊かに、さらに酒肴《しゅこう》まで配して、囚人としての扱いではなかった。

　田沼玄蕃頭が一同の処分を一任されたという話が伝わってきたとき永原は一驚した。

「常陸では田沼は追討軍として天狗党と戦い惨敗したという。かれの手にかかれば、どのような報復をされることか」

　田沼には渡せない、と思った。風雨の夜に一同を藩船に乗せて能登《のと》へ連れてゆこう。あそこには藩の牢もあるし――

　永原のその献策は、しかし、重役たちの容《い》れるところとならなかった。

　永原は涙をのんで、田沼の到着を待った。

　加州藩より引渡されたのは一月二十九日。

　それまで寺を宿舎にあてられていたのが、一転して、臭気ぷんぷんたる鰊蔵《にしんぐら》だった。土蔵の窓は釘《くぎ》づけにし、中には灯《あか》りもなく、蓆《むしろ》を敷いただけで、一戸毎《ごと》に五十人を詰めこんだ。その土蔵の中で両便の桶《おけ》を据え、それは三日も放置されるという陰惨さ。

　あのときの報復としか思えない。

　耕雲斎、小四郎など三十人ほどのほかはみんな檜《ひのき》の厚板の足枷《あしかせ》をはめられていた。

「こ、これが武士の扱いか、われらが何をしたというのだ、まるで盗人《ぬすっと》か、追剝《おいは》ぎと同じではないか！」

悲憤のあまり、悶死《もんし》する者もあった。

こうした残忍な処置のなかで、小四郎はじっと耐えていた。

――この悲惨を招いたのは誰だ⁉……

幕府の屋台骨を守ろうとする閣老たちか？

凡庸なるゆえに、光栄ある水戸藩を推進できなかった慶篤だろうか？

勅諚があったにもかかわらず、攘夷を否定する諸生派の頑迷さか？

そのどれかであるような気がした。そのどれでもないような気もした。

「そうだ！　誰が悪いのでもない、この小四郎の挙兵がすべての禍根となったのだ！」

尊皇攘夷の旗印。父の遺志を継いだと思うのも錯覚ではないか。

「あの挙兵がなければ……」

たとえ攘夷開国の相寄ることのない二すじ道は相剋《そうこく》し、血を噴きはしても、こうした悲惨はなかったのではないか。

理想に燃えた筑波山挙兵！

大いなる理想は、一転して惨憺《さんたん》たる末世の地獄へと同志をともなってしまったのだ。

「ああ、なんという愚か者だ、おれは！」

小四郎は頭を抱えて頽《くずお》れた。おのれの頭を殴った。かきむしった。血のついた髪毛がからんだ掌《て》でおもてを蔽って、号泣するのだった。

かれの涙は、水戸に残した香代を――一人の女すらも倖《しあわ》せにすることができないという、惨落の涙だった。

越えて二月四日。藤田小四郎は、武田耕雲斎、山国兵部、田丸稲之衛門らと斬首された。

切腹も許されなかった。穴を掘った前に坐らされ、下人のように首を落され、胴体を蹴込まれるという、死に至るまで屈辱の扱いだった。

さらに水戸では耕雲斎の一族が三歳の童児、一時奉公の下女に至るまで斬首されたが、禍《わざわ》いは香代にまで及んで、死に至らしめられた。

あの梅ケ枝の恋文をすべて焼くにはしのびず、最後の一葉を秘めていたのが、証拠とされたのである。

香代は悪びれずにこういった。

「ええ、あたくし小四郎の妻でございます」

可愛《かわい》い首をかしげて、にこりとした。

「だって、隠したって、梅花《うめ》がよく知っているのですもの……」

その馥郁たる匂《にお》いにくるまれて、香代はじぶんが一輪の白梅になったような気がしていた。

周作を狙う女

一

花のような美女である。

腰を蔽《おお》わんばかりのみどりの黒髪を白布でぴたりと鉢巻にとめ、黒革胴に刺子《さしこ》の草摺《くさずり》を短めにして、小倉《こくら》の袴《はかま》を男穿《おとこば》きに穿いたすがた。

武家の娘風俗のときは、あるか無しに隠されていた色気が、男すがたになると、匂《にお》うように、襟《えり》もとや、ほそい、しなやかな腕のあたりにちらつく。

「ほかに、お相手を……」

心にくいまでに落着きはらった言葉が、紅唇をついて出る。稽古面《けいこめん》をはずした顔が、汗一粒浮べていないのだ。

しもた家を五軒買い潰《つぶ》して建てた、ひろい道場が、しん、と静まりかえる。檜《ひのき》の香がにおう。まだ建てて間もない千葉周作《ちばしゆうさく》の玄武館であった。

門弟たちは二、三十人、羽目板を背にして、並んだまま、一語も発する者がいない。

――おぬし出ろ。

――いや、遠慮しておこう。

――いまいましいが、歯が立たぬ……

門弟たちの目が囁《ささや》いている。いまも玄武館の逸足、塚田孔平《つかだこうへい》が、立ち合った瞬間、あっけなく小手をとられて、引きさがったところである。

まだ胸のふくらみも固く、胴がきりっとしまった、手弱女《たおやめ》にそんな手練《てだれ》が秘されているとは目のあたり見るまで、信じられないことだった。

「先生に一手、御指南をたまわりたく存じまして」

しかるべき者の紹介状もなく、ふらりと訪れた女。後に江戸三大道場の一つとうたわれた玄武館も、お玉《たま》が池《いけ》へ移る以前で、千葉周作が漸《ようや》く一本立ちとなって、この日本橋《にほんばし》の品川町へ道場を建てたばかり。風来坊の他流試合を拒否するだけの格式も威容もそなえていない。

ことに、新しい道場というものは外観に於《お》いて権威に欠ける。

――なんだ、女めらが、不遜《ふそん》な。先生の不在を幸い、とっちめてくれよう――

先生も若いから、門弟たちも若い。

「先生も間もなくお帰りであろう。それまで玄武館生一同、お手合せ仕《つかまつ》ろう」

にやにや笑いながら、招じた。

娘の方でもものおじしない。冷たくかたい微笑で、

「光栄でござります、では」

控えの間で、支度をととのえた。稽古着と袴は持参していたのである。面籠手《めんこて》道具を借りて、道場へ出るや、いままでのたおやめが、あっと瞠目《どうもく》させるばかりの颯爽《さっそう》たる姿になって、ぴたりとつけた平青眼のかまえに、鵜《う》の毛でついたほどの隙《すき》も見出《みいだ》せない。出る者、出る者片っ端から、小手をとられ、胴をぬかれ、玄武館生、さんざんのていたらくだった。

「ほかに——どなたさまか、自信のある方は？」

柔らかい微笑をふくんで、女は、一同を見わたす。十数人薙《な》ぎ倒《たお》しながら少しの疲れも、焦りも見えない。むしろ、ますます、自信と余裕を覚えた表情である。

「ほほほほほ、先生のお帰りまで、睨《にら》み合《あ》いで待つのも曲がなさすぎましょう」

「うぬ！」

かつと、満面に朱を注いで立ち上った男がある。代稽古の稲垣定之助（玄武館四天王の庄司弁吉はまだ入門していない）だった。

「雑言、許さぬぞ！」

怒りが爆発したのだ。道場の作法も何もない。刀掛けの木剣を握るや、つつと走り寄って、坐《すわ》ったままの女を、タッと打ち据えた。

「御無体！」

女のさけびが木剣の下で悲鳴にかわる——と思った瞬間、どこをどう打たれたのか、稲垣のからだは、道場にぶっ倒れ、力のかぎり殴ったのであろう、赤樫《あかがし》の木刀は、ものうちの辺りより二つに折れて先端が武者窓まで、とんでいた。

「これが玄武館の作法でござりまするか、無法でござりましょう」

たしなめながら、尚《なお》、膝《ひざ》も動かさず、微笑も失わない、美女である。

玄武館塾生たちは、色を失って、立ち上っていた。

二

「師範席が気を喪《うしな》われたぞ」

「その女、逃すな」

木剣、或《ある》は竹刀《しない》をつかんで、ばらばらと、塾生たちが駈《か》けよろうとしたとき、

「何を騒いどる」

酒気の発した濁《だ》み声で、鴨居《かもい》に髷《まげ》のつかえそうな巨漢が入って来た。

「あ、若先生」

千葉周作の弟、定吉《さだきち》だった。周作も、巨軀《きよく》だが、定吉は、兄をしのいで背が高く、逞《たく》ましい。後に、独立して桶町《おけちよう》に道場をかまえ、「桶町千葉」と謂《い》われた一流の剣客だが、惜しむらくは、その性に於て粗暴横道なのが、瑕瑾《かきん》だった。

話がとぶが、千葉の小天狗《こてんぐ》と称され恐れられた、周作の次子栄次郎《えいじろう》（文久《ぶんきゅう》二年夭逝《ようせい》）の不身持も、この叔父定吉の血をひいたものと、史家は指摘している。

その定吉、自ら、任じ、

「おりゃア、叡山《えいざん》の荒法師じゃ」

そう口にして、大酒を喰《くら》い、道場では荒稽古をつけるので、恐れられている。

場合が場合だけに、塾生たちは、雀躍した。

「若先生、いいところへ」

「こ、この女を、うちのめして下さい」

酔った顔が、赤黒くむくんでいる。目も濁って生気がない。が、定吉は、いつもこうなのだ。

——酔っているから——

と、あなどって打ち込もうとして、こっぴどい目にあわされた者も二、三にとどまらない。

素行は不良だが、悪剣というのか、腕前だけは、一流の剣士。

「見苦しい」

失神した稲垣のからだを、塾生たちが、井戸端へ抱えてゆく。定吉は、羽織の紐《ひも》を引きちぎるように、肩からすべらせ、帯をほどいて、稽古着に着替えるのだった。

「女、おれは、生得、手柔らかには出来ん性質じゃ、荒いがよいか」

「何卒《なにとぞ》、御遠慮なく」

「当れば、骨がくだけるぞ、よいか。そのほそ腕から、血が吹くぞ。その美しい顔がむごたらしく潰れて目玉がとびでるが、それでもよいか」

一語、一語、せりあげるように、言う定吉の目が、彼女の白い襟くびや革胴に隠された胸乳のふくらみを、のぞき見するように、這《は》いまわっている。

その毛の生えた腕が、木剣をつかんでも、女の冷やかな微笑はくずれない。

面をつけ、型通りに一揖《いちゆう》して、

「イザッ」

さっと、相対した。一呼吸、二呼吸、

「おうりゃーッ」

獅子吼《ししく》した定吉の剣が、さっと上段にあがる、床を蹴《け》って、その猛獣のように、襲いかかっていた。空を裂く木剣の火を吐かんばかりの面のなかで牙《きば》を剝《む》く凄《すさ》まじい定吉の顔。

「とう！」

低くするどい気合が、女の紅唇から奔《はし》った。

ぴしッと、小気味のよい音。

飛鳥のように飛びちがえた女の竹刀が、定吉の胴を、鮮やかなまでに、切り払っていた。

「美事《みごと》!」

道場の一隅から、褒詞がとんだ。

女は、ぎくりとして、眉《まゆ》をあげた。

そこに、色の浅黒い、骨格のすぐれて逞しい立派な武士が立っていた。二《ふた》ツ巴《どもえ》の紋を見るや、女は、

「先生……?」

竹刀を捨てて平伏した。

「千葉じゃ」

と、周作は、うなずいた。

「女には珍かな腕だが、多少心がまえに危惧《きぐ》がある。一手こころみてくれよう」

定吉に、退《さが》れ、と目まぜして、周作は、鉄扇をかまえた。

「このままでよい、打ちこめ」

素面素籠手、羽織に袴すがた、大小もたばさんだままである。

女の目に、ふと、憎悪に似た炎が燃えた。

「お願い致しまする」

間合六尺。

織手《せんしゅ》には長い二尺八寸の竹刀を平青眼にぴたりとつけて、機を窺《うかが》うこと、数弾指。

塾生十数人を、屠《ほふ》ったのは、すべて、胴と小手。いずれも、二合と剣を交えぬ業の早さである。

それが、構えたまま、一歩も進めず、一歩も退《ひ》けず——竹刀の尖端《せんたん》が、漸増する喘《あえ》ぎとともに、こまかく顫《ふる》えて来た。

冷やかなまでに、動揺を知らなかった女のおもてに、汗がにじみ出たのが、塾生たちにもわかった。

武者窓からさしこむ斜陽が、面の鉄骨のうちを、赤く染めている。

女の肌が、光っていた。

「どうした、女夜叉《おんなやしゃ》が、音をあげるか」

嘲弄《ちょうろう》するような周作の言葉に、

「や、や、やア」

しなやかな、女豹《めひょう》の跳躍を思わせて、女は打ちこんだ。

鉄扇が、音を発した。女の手から竹刀が巻きあげられ、天井にはね返って、師範席へけたたましい音をたてて落ちていた。

「まいったッ……まいりました」

面をかなぐり捨てて、女は平伏する。

黒髪が、ばっさり肩から前へ垂れて、妖艶《ようえん》な風情である。

周作は、鉄扇を腰へはさむと、

「心に邪心がある。それが消えねば上達は覚つかなし」

言い捨てて、奥へ入って行った。

「先生！」

女の悲痛な叫びが、あとを、追った。

千葉周作の祖は、桓武平氏《かんむへいし》から出ている。

平良文《たいらのよしふみ》の第二子陸奥守忠頼《むつのかみただより》、下総《しもうさ》の千葉に住して、地名を名乗ったのが鼻祖である。その子上総守忠常《かずさのかみただつね》は、のちに後一条帝《ごいちじょうてい》の御宇《ぎょう》に謀叛《むほん》の兆しあって誅《ちゅう》されたが、その子常将《つねまさ》、徒党を嘯集《しょうしゅう》し、勢力を張り、玄孫常胤《やしゃごつねたね》の代に千葉一党として世に知られるようになった。即《すなわ》ち千葉氏中興の祖と称《い》われる所以《ゆえん》だ。

治承《じしょう》年間 源頼朝《みなもとのよりとも》に招かれ、敬重されて父と呼ばれたという。彼は、頼朝の手足となって上総、富士川《ふじがわ》に歴戦し常陸《ひたち》に又転じ、一ノ谷《いちのたに》の戦さにも功をたて、豊後《ぶんご》まで遠征し、文治《ぶんじ》五年頼朝の奥州征伐に従って北進した。

このときも大功を樹《た》て、翌年出羽《でわ》をも鎮撫《ちんぶ》したが、次子師常《もろつね》を相馬《そうま》に遺《のこ》して、帰郷した。

この師常が、即ち周作の祖である。

系図の解説が長くなったが、要するに千葉氏は、代々武勇の家柄であり、野にあっても、毫《ごう》も、その血統が、汚濁することなく幕末に遺伝したことは、周作を知るに看過すべからざることであろう。

周作の家紋として。二ツ巴が知られているが、彼は在世中、九曜星を替紋に用いた。千葉の直系では、九曜を正紋としている。

周作の曾祖父《そうそふ》の代から、陸奥仙台気仙村《けせんむら》に住んでいたが、武豪の家柄は、郷士となっても武を怠らず、祖父吉之丞は、北辰夢想流を開き、父の忠左衛門（後に幸右衛門）もまた、その剣法を克《よ》くし、三子に伝えた。

長男は又右衛門、次男が周作、三男が定吉である。

周作の幼名は於菟松《おとまつ》という。寅松《とらまつ》とあるのは誤伝だ。後世、幕末三剣士の一に謳《うた》われるだけに、その幼時の逸話も尠《すくな》くない。

於菟松七、八歳のころである。父の幸右衛門は三子を連れて知人の孤雲と称する奇士のもとへ行った。

「将来、武人として大成するや否や」

「よろしい」

孤雲は、既に九十翁、嘗《かつ》て吉之丞が二刀で迫るを鉄扇一本であしらって、へとへとにさせたという達人だが、世を捨てて気仙村に仙人のような生活をしていたのである。

「於菟、こちらへまいれ」

呼ばれて、於菟松は、その室に入った。とたんに、目前に閃《ひらめ》く白刃。於菟松、けろりとして、

「おじいさん、年寄の冷水です」

と、言ったという。むろん多分の潤色はあろうが、かなり胆《きも》の据った子供だったらしい。
十二、三になると、もはや小太刀をとおして近在では相手する者がいなくなった。長兄の又右衛門も、後に岡部藩《おかべはん》に師範として、仕えるほどになったが、次弟には、はるかに及ばなかった。
長じて十五の暮。

周作は、武士と果し合いして、相手を斃《たお》した。

仙台の伊達《だて》藩士で、厲波惣左衛門《となみそうざえもん》といい、左近右衛門派の日置流弓術をもって、高禄《こうろく》を食《は》んでいた。

原因はごく些細《ささい》なことである。千葉三兄弟の武名を、狩猟に来た惣左衛門が耳にし、

「折れ竹もってのちんちん踊り、剣法とは猪口才《ちょこざい》な」

と、嘲弄したのを、定吉が耳にして、試合を申しこんだのだ。弓と刀。むろん、惣左

衛門は応じた。

「木刀でよろしい、当方は、鏃《やじり》をはずして、射る。三本射終れば、どこを打ちこまれてもよい」

定吉は、手作りの枇杷《びわ》の木剣で対したが、距離十間。二間と走らぬうちに、肩を射られて、もんどりうって転がった。鏃なしとはいえ篠竹《しのだけ》の削《そ》ぎ口《ぐち》が、ぐさっと突っ立っていた。

周作は、そこへ駈けつけて来て、

「真剣でお相手願えましょうや」

と、詰めよった。十五とはいえ、大柄な彼は五尺八寸を優に上廻《うわまわ》っていたと記録は伝えている。立派な大人だ。

惣左衛門も、拒めない。定吉と同じ伝で、と思い、

「一命を喪っても苦情は出まいの」

「言うまでもなきこと、皆さまが証人でござります」

村役や肝煎《きもいり》は、皆な証人になった。幸右衛門は江戸へ出かけての留守。手がつけられぬ。

距離同じく十間。

周作は、二尺三寸の無銘相州きたえの一刀を青眼にかまえて、ゆっくりと進んだ。

ひゅっ！　鏃が風をきって、胸板にとんだ。周作は、ひょい、と身をひねっただけである。

「しまった」

あわてて、第二の矢をつがえる。もう七間の近くに来ている。

「南無八幡《なむはちまん》！」

第二の矢も、刀から片手はずして、上体をそらせただけで虚《むな》しく流れた。

「狗鼠《くそ》！」

惣左衛門は焦った。第三の矢をつがえた。僅《わず》か十間の距離。いかに彼が弓の名人とはいえ、矢をつがえるに隙が生じる。その間に走りこもうとしない周作が不気味であった。第三の矢は、咫尺《しせき》の間、わずか二間の近くから、きって放たれた。いかに拙劣でも的を射はずすことのない近さ。

ぴしっ!!　矢は、無惨にも、真ッ二つに折れた。その松葉なりに、折れた矢をつけたまま、周作の長身は、二間の幅を、一気にちぢめた。

刀を抜く閑《ひま》はない。あわてて、弓をあげて受けとめた。その弓ごと、惣左衛門は、真額向《まつこう》、唐竹《からたけ》割りに、水月《みずおち》まで斬《き》りさげられていた。

生証人もある、堂々の果し合いである。当時、武辺として名誉でこそあれ、毫も後めたいものはない。

が、世間は理屈では通らない。千葉家は、一介の野士。厲波の主家は、東北随一の雄藩独眼竜政宗《どくがんりゅうまさむね》の末裔《まつえい》伊達六十二万石である。

周作は、千葉一族に、累禍の及ぶのをさけて、出奔した。文化《ぶんか》五年の師走、陸奥の雪は深かった。

「江戸へ行こう、江戸で修行しよう」

江戸は、将軍家の膝もと。剣客は蝟集《いしゅう》し、立身の機会も多いはず。剣をもって、千葉家の家名を再興する意欲に燃えていた。

周作は、東都に足を踏み入るや、当時、江戸一を号していた小野派一刀流の浅利《あさり》又七《またしち》郎《ろう》義信《よしのぶ》の門に入った。

柳生流すでに衰え、一刀流の全盛で、小野派は、いわば江戸幕府に於《お》ける剣の正統、アカデミカルな存在だったのである。当時、浅利道場は錚々《そうそう》たる剣客を擁し、後に天真一刀流を立てた寺田五郎右衛門《てらだごろうえもん》、音無しの勝負で著聞の高柳《たかやなぎ》又四郎《またしろう》、白井《しらい》亨《とおる》という連中が客員として、顔を出していたし、師範に中西《なかにし》忠兵衛《ちゅうべえ》などが居た。

ここで、周作は六年、一刀流の真髄を学んだ。

もともと、北辰夢想流を相伝している周作である。短時日に頭角をあらわして来た。

有名な事だから、省略するが、高柳と試合し、周作が、気合でもって、道場の八分板を踏み破ったことがある。そのころから、師の又七郎は、彼に嘱目していた。

「千葉、おれには息子が無い、どうだ、養子にならぬか」

と、慫慂《しょうよう》されたが、周作は、

「てまえごときに――」

と、固辞して、受けなかった。

江戸第一の道場主となることを肯《が》ぜぬには二つの理由があった。

一は、古風な剣法の脱皮を嫌うアカデミズムに対する反感であり、一は、独自の剣法理論の実践と千葉の家名再興の欲望である。

当時、浅利道場は、極端に入門者を制限した。旗本も高禄とりの子弟か、大名の家臣は留守居役の推挙する者。その官学閥化が、周作の性根には受け入れられなかった。

「技拙劣なれば入門する能《あた》わず。剣には、天性の手筋あり、成す能わざるの愚徒、何んぞ我が門を冒す」と、謂い、入門を拒んだ。手の筋云々《うんぬん》は、又七郎の主観的なものだから、至当の線は出ない。

千葉周作も、もう少し後年だったら、己れも拒まれたと思うと、我慢がならなかった。

「剣は、殺人の名手をつくるものでもなければ、将軍の親衛隊を育成するものでもないはず。正しい剣の理と、求道によって、真の武士を育てるものだ」

剣は人を斬るゆえに創造された。だが平和が来、剣の道が極められたいま、勝負を超越して、人生悟道の方法として、究められねばならないのである。

深くさとるところがあった、千葉周作は、この心境のもとに、師の門を出た。

日本橋の品川町に道場を作ったのは、それから、間もなくだった。

官学に対する私学である。玄武館と称した。

玄は、天空、天の神を意味し、極北の意味をも持つ。また老子《ろうし》の説いた道でもある。

父祖より承伝の北辰を冠して北辰一刀流と号した。

古稀《こき》過ぎた高齢で、常陸の水戸《みと》へ乗り込み、藩中の腕利きに、片っ端から道場の床板を舐《な》めさせた富士浅間流の中村一心斎《なかむらいっしんさい》は、

「北辰一刀流――この名をつけるとは、凡庸の剣客のなし得ないところだ」

と、評したという。

玄武館は、来るを拒まず、去るを追わず。

況《いわん》や、道場を踏み破った千葉の名は江戸中に聞えていたから、日を逐《お》うて、門弟が増え、江戸町道場でも次第に注目されるところとなっていた。

――そこに、窈窕《ようちょう》たる女剣士の出現だったのである。

「無礼の数々、お許し下さいまし」

奥へ入る周作の袴をつかんで、彼女は、懇願した。

「心を入れ改めまするほどに、何卒、入門の儀、お許し下さいますよう」

黒曜石の瞳《ひとみ》が、黒い炎を吹きあげんばかりに、真摯《しんし》な胸中をあらわして見えた。

「お願い致しまする、先生！」

「志津と申しまする。当年十九歳に相なりまする」

と、彼女は名乗った。三代前まで北陸すじの某藩に仕えていたが、故あって浪人し、以来、江戸に在り、父も浪々のうちに歿《なくな》り、母も喪い、いまは天涯孤独の身上という。

「内弟子もいることとゆえ――」

住込みは困ると思ったが、

「何卒、納屋の隅になりと置いて下さいまし、どのようなことも、厭《いと》いませぬ。水汲《みずく》みでも雑巾《ぞうきん》がけでも、御奉公致しまするゆえ、内弟子の端にお加え下さいまし」

熱誠に動かされた。

志津は、その言葉通り、早朝から起きると身を粉にして働いていた。

炊事などしたこともないような不馴《ふな》れであったが、一心なすがたが、好もしかった。まだ妻を娶《めと》っていない、周作、三十四歳の暮である。身近に、妙齢の美女を侍《はべ》らすことは出来ない。土地を買うとき、庭についていた一宇の茶室があったのを幸い、そこに住まわせることにした。

内弟子たちのなかには、打ち据えられたことも忘れて、胸をときめかす者もあるようだったが、独身の周作の威厳に接すると、夜這《よば》いを敢行する勇気も失《う》せた。

雪風冷寒の日がつづいたが、志津の働きに加減はなかった。飯焚《めした》きの相模《さがみ》出の老爺《ろうや》とともに、手を赤く腫《は》らして、炊事をする。周作の部屋を掃除する。倦《う》むところを知らないようであった。

そのぴちぴち動く若鮎《わかあゆ》のような華やかな姿態に、壮年の血が、ふっとかき乱されることがある。

そんなとき、周作は、道場へ出るのだ。

「志津、稽古をつける」

「はいッ」

ぱっと、頰《ほお》をかがやかせて、志津は稽古着に着替える。最初来たときのまま、志津の髪は、放髪《はなちがみ》で、結いあげたことがなかった。

鉢巻をして、面をかぶるのである。

「――気は早く、心は静、身は軽く、目は明るく業は烈《はげ》しく――よいな」

周作の剣法伝授は、噛《か》んで含めるように、訓《さと》す。

「そちは、技に於ては、切紙に達している。技にとらわれず、心身の平衡を修行せよ」

「はい」

「守敗離、と、わしは名づけているが、三つの段階がある。守は各々流儀の型を守る。

一刀流なれば、おおむね下段青眼だな。示現流では、天冲立刀《てんちゆう》の構えだ。これが、右の〝守〟だ。

次に敗とは、右の構え型に拘《かかわ》らず、これをワザと、一段破って、崩す。機に望み変に応じるの術も修行せねばならぬ。すべて、いかようなる流派にあろうと、その型は、基いであり、真剣の場にては、拘泥《こうでい》すると、かえって、融通を阻むことがある」

初心者に理解し得る心得であった。

「離とは——右二条を考えて見よ、おのずから得心ゆこう」

「はい、守、敗を会得して、然《しか》して、その儀を忘れ、無念無想の場に身を置くこと——違いましょうか」

志津は目を輝かせて、言った。

「そうじゃ、よく悟った。剣法に於ては、教えられるよりも、身をもって悟ることが肝要ぞ」

志津の腕は、めきめき、上達した。

文政《ぶんせい》十一年が暮れ、翌十二年（十二月十日に天保《てんぽう》と改元）の春が来た。根雪が溶け、風にも木の芽の香が含まれて、志津は、日増しに美しくなってゆく。

ときとすると、竹刀を合わせていても、どきっとするくらい、ぐいぐい胸にくいこんでくる瞳。紅唇からこぼれる歯の皓《しろ》さも、周作の目に痛かった。

「上達したの、志津。今日から、わしの隙に打ちこむがいい。時刻、場所をとわぬ。隙ありと見れば打ち込んでまいれ」

「竹刀で……ございましょうか」

「竹刀とは限らぬ。何にても」

「真剣では？」

「真剣？」

ぎょっとした視線を、静かに受けとめる志津の美しい眼。恥じらいと、期待で輝く美《び》貌《ぼう》である。当初から見ると、あのデスマスクのような固い、冷やかなものが消え、花の年齢相応の色香が匂っている。

「ははは、真剣でよいぞ。いや、その意気がなければ剣法の真髄は会得出来まい」

言葉のアヤか、その場限りの武術修行の者の、感情的なせりふと思っていた。

ところが、三日目、七草の朝。ほんとうに真剣で斬りかかったのである。

春の淡雪がちらついている朝だった。日課になっている水浴で、車井戸で、冷水を浴びていると、突然、殺気を背後に感じた。

「ええい!!」

冷たい戦慄《せんりつ》が、腋《わき》の下に走った。周作は、桶《おけ》を捨てて、身をひねりざまに、突きかけた腰を抱えこんでいた。

志津だった。宙を虚しく突いた短刀を、まだ握りしめたまま、憎しみの目で見た。修行の無意味さに対する絶望か？　師の技に及びもつかぬことの悲しさか？

志津の双眼には、熱く、光るものがあった。

下帯ひとつの、逞しいからだで、周作は、志津を抱きとめていたが、はっとして、引き離した。

「まだまだ、心意識の均衡に欠けるぞ、意を行うに逡《しゅん》巡《じゅん》があった。殺気をわしが感じてから、剣が、肌に迫るまでの時間じゃ。雑念があるな」

「…………」

「剣先が遅凝したであろう、修行の至らなさぞ。この肌を、せめて傷つくるほどにならねば」

六尺を上廻る巨軀で、厚い胸、盛りあがった肩の肉塊、針金を入れたような筋骨。寒気に赤らみ、ほつほつと、湯気を立てているのだ。

眩《まぶ》しかった。志津は、ふっと、頰をあからめると、会釈もそこそこに、茶室へ逃げるように、去った。

三

「破門するか……いや、内弟子であるのが、やはり刺戟《しげき》するのだ」

周作は、沈思のあげく、呟《つぶや》いた。

困難な問題が起ったのだ。弟の定吉である。

志津に悪戯をしかけるのだ。志津の容姿は塾生一同、あこがれの的だが、必要以外話しするのも禁じられているし、人間修行の道場だから、戒律を持す僧侶《そうりょ》のような行動を強いられる。門弟たちは、先生が身持ちが固いから、文句のつけようはない。

そのなかで、定吉だけが、放縦《ほうしょう》な言動で、戒律を破る。

周作の一寸《ちょっと》した留守に、志津に戯れかかって、ついには抜刀し、道場の柱などに、数ケ所切り込み傷をつけるという有様。

「なにほどのこともございませぬ」

帰宅した周作の前では、明るく笑って見せる志津だが、世間の聞えもあり、放置出来ない問題だった。

――が、志津がいなくなれば……

寂しくなる。自分の心にいつの間にか、しのび入っている影を知って、愕然《がくぜん》とするのだ。

――恋ではない、恋であろうはずがない。あの女性は、わしほどの者の心をとらえる女ではないはずだ――

そう、ふり切ろうとする脳裡《のうり》には、白いおもわがちらちらするのだ。淡雪が、さらさらと竹藪《たけやぶ》に、静かな音をたてている。暦の上では春なのだ。この雪も積る前に溶けてしまうだろう。

――わしも三十六になったのだ。妻を娶ろう。あのような素姓の知れぬ女に心を動かされぬためにも――

以前から、縁談は降るほどあった。茶の湯に招いて、それとなく娘を見せる親もある。知人を動かして、持参金までほのめかす者もいる。

周作が、ぼんやり、そうした人々のこと、かいま見た娘の、肥《ふと》ったの痩《や》せたの、よく笑うの、お澄しやだの、とりどりの娘の容姿を思うともなく思い浮べていると、

「兄者」

と、定吉が、ぬっと、入って来た。

赤い顔で、熟柿《じゅくし》臭いいきを吐いている。

「また飲んでか。ほどほどにせい」

「いやア、開口一番、お説教はたまりません」

「そのほうの徳の至らなさだ」

「これはひどい。てまえの酒など、まあ、罪は軽いほうで。あのお志津ですが、な、ありゃア、兄者、食わせ女《もの》だ」

「なに、またくだらぬ放言を」

「いや、証拠を、この目で見ましたゆえ、御報告に来た次第で。実はの、兄者、あの女め、そこの路地で、妙な男とあいびきして居《お》りましたぞ」

志津が……？

身寄りもないはず。言い交した男があるのか？

「年頃《としごろ》の女じゃ、咎《とが》むべきではあるまい」

周作は暗い顔をそむけた。

「さ、それが、濡《ぬ》れごとには、不相応な男でしてな。まず、跛者《はしゃ》。その上、齢《よわい》五十を越え、とてもに濡れごとの相手には……」

周作は黙っていた。心の煩悶《はんもん》と闘っていた。

何者か？　知る必要はないと思いながら、気にかかってならなかった。修行の至らなさが悔まれるのだった。

「人の噂《うわさ》なぞする前に、己れの腕を磨くがよい」

周作は苦いものを吐き捨てるように言って道場へ出ていった。道場は暮六ツまで。皆が帰ったあと、内弟子が隅々まで掃除して、床板も鈍い光を放っている。

その真ン中に坐っている人影があった。

宵闇《よいやみ》のなかに、その人影は、やおら、身をおこすと、裂帛《れっぱく》の叫びで、居合いの型を始めた。抜刀術。周作の道場では教授しない型である。

「——志津か？」

「は……はい」

志津だった。稽古着に小倉の袴をつけた、なよやかな姿態と、白いおもて。ほのぐらいなかで媚《なま》めかしく見えたのも、あいびきの話が作用したのだろうか。

「抜刀一伝流——と見たぞ、志津」

「恐れ入りまする」

「北辰一刀流ではもの足らぬか」

「先生！　そのような……」

志津は絶句した。が、周作の言葉の裡《うち》に、裏切られたような寂寥《せきりよう》を読むと、急に、袴にとりすがって、さめざめと、泣きむせんだのである。

「お宥《ゆる》し下さりませ、仇討《あだう》ちのゆえに、父の仇討たねばならぬ身にござりますれば……」

そのための剣術修行？

周作の目に映じた心の翳《かげ》は、その秘望を蔵していたからか？

「誤まったぞ、志津」

「…………」

「北辰一刀流は、仇討ち剣法には非《あら》ざるぞ、祖父吉之丞以来、千葉家は、殺人剣を活人剣たらしむる努力をつづけて来て居る。北辰の意を、何と見た？」

周作は、木刀をとると、さっと左足をひいて、下段青眼にかまえた。

上半身は垂直に北をさし、下段の一刀は、六十度――即ち辰をさしている。

ある説によると、北辰一刀流の語義は、論語《ろんご》の、〈為政《まつりごとをなす》〉「子曰、為レ政以レ徳、譬如下北辰居二其所一而衆星共上之（子曰《しのたま》わく、政《まつりごと》を為《な》すには徳《とく》を以《も》ってす、譬《たと》えば北辰《ほくしん》その所《ところ》に居《い》て衆星《しゅうせい》これに共《むか》うが如《ごと》し）」が出典だとする。

むろん、論語は、当時の必須《ひっす》学問だったから、無関係ではあり得ないが、しかし、右の意は天子中心の政治の要諦《ようてい》である。剣法とは直接の関係はない。ましてや、幕府初期、戦国乱縷《らんる》の時代なれば、徳政をもって天下平定の意図も首肯出来るが、幕政になって二百余年、一介の剣客が、天下支配の意識があったとは考えられない。

北辰一刀流は、守勢の剣法、護身をそのむねとしている。敵の攻撃如何《いかん》によって、攻撃にも転ずるが、本来護身に発しているために、下段青眼、北――辰、六十度の角度を基本とする。後年、周作歿《ぼっ》して、栄次郎が後を嗣《つ》ぐに及び、その真髄は歪曲《わいきょく》されて、大上段の構えもその流儀に含められ、阿吽《あうん》の攻撃も加えられたが、周作の生前に於ては、あくまで敵の攻撃を受けて立つ剣法であった。

四

「得心がついたか、志津……玄武館で仇討ち剣法学ぼうとても、無駄だぞ」

志津はうなだれたままだった。闇は次第に濃く、二人を包んだ。

「先生！　父の仇は……気は進まぬながらに討たねば……お察し下さいまし」

はらはらと落涙して、志津は言った。

「――詮方《せんかた》ない、他の道場へ移らねばなるまいの」

「先生！　志津は、志津は、仇討ちなど、しとうござりませぬ、先生！」

しなやかな手が、膝におかれ、いつしか、周作の幅広い胸に身をなげて、志津は、泣きむせんだ。熱い涙が、着衣を通して、周作の胸に滲《し》みる。しなやかなからだである。稽古着一枚の下に、乙女の血が、脈打って流れているのだ。ふるえている。恐れではない。期待と、感動でふるえているのだ。

周作は、おのずと、腕に力がこもるのを知った。

「志津！」

彼は、その柔肌を、静かに、ひきはなして言った。

「あの、跛者の男は何者だ？」

「あ……」志津の動揺が、暗闇のなかでもわかった。「あれは仇を、見張らせている者です、むかしからの……父の用人でございました」

天涯孤独は嘘《うそ》か——そう言いたいのを耐えた。

「先生、志津は、仰《おお》せ通り、玄武館を去りまする。でも……」

「……………?」

「お願いがございます」

暗闇でも、キラキラ、燐光《りんこう》を放つ瞳だった。

「仇討ちの後見を、お願い出来ませぬか」

「後見……」

仇討ちなどの場合、後見人は、多く助太刀を意味する。武士道作法でも許されていることだった。

「三日後に、果し合いすることになって居りまする。場所は、深川《ふかがわ》の十万坪」

「後見ならば、師として、立ち合おう、だが助太刀はせぬぞ、承知か」

「はいッ」

喜悦にうるんだ目が、ひたと、周作の視線にからんだ。

「仇討ちとあらば、必殺剣を伝授してつかわそう。一刀流の極意じゃ」

行燈《あんどん》をさげて来て、二人は、木剣をもって対峙《たいじ》した。

「心意識の三要、剣体の三声。これが剣をして、自在に、敵の虚を衝く。一心一刀、右せん左せんの、思いの分裂あれば、必殺の一刀はかなわぬぞ、二心一刀は即ち死、一心一刀にて切落すこそ一気に勝ちを得る極意なるぞ」

行燈のほのあかりに、うす暗い道場だった。

志津の一念凝って、克く、払暁に至るころ至妙の剣を会得したのである。

そして三日目。子《ね》の刻過ぎに、二人は品川町の玄武館を出た。思案橋の袂《たもと》から、小舟に乗る。あらかじめ、船宿に頼んであったのである。

小名木川《おなぎがわ》を真っ直ぐに、新高橋を越し、左に五本松を見て二丁ほどで、八右衛門の土橋がある。左は大島橋だ。右側一帯が見わたすかぎり、所謂《いわゆる》十万坪。土橋をくぐり、暫《しばら》くくだると、水路の辻《つじ》に出る。約束の場所は、左向うの、砂村新田の唐傘銀杏《からかさいちょう》の下だった。

そこは方半町ほど、草地になっているが、埋立て地だから、卑湿で、草履がめりこみそうだ。

盈月《えいげつ》が、煌々《こうこう》と、中天にかがやき、深更の十万坪は、寂寞《せきばく》としていた。潮の香が濃く、夜気もしとっている。一刻も佇立《ちょりつ》していれば髪が潮気でねばつくような——

「来ぬか？」

「まいらぬようです」橋袂に佇《たたず》んで、水路を見まもっていた志津が言った。小袖《こそで》に襷《たすき》がけで、袴の股立《ももだち》もとり、足ごしらえ、手甲、すべて果し合いにそつのない身支度だった。

羽織をふわりと羽織っている。

船頭に過分な賃銀を払って帰すと、十万坪の広い天地に、ただ二人。

潮風さえも息苦しいようであった。

「敵は……卑怯《ひきょう》な男ではあるまいの。時刻に違いはあるまいの」

「……はい」

背を向けたまま、志津は、返事した。蚊の鳴くような声であった。

さえぎるものとては、唐傘銀杏の大木一本きり。風も冷たく、寒気もきびしかった。

春とはいえ、海辺の夜気は冬そのものだった。

「志津、何も問わず何も聞かず、ただ後見のつもりであったが……仇は、如何なる素姓ぞ」

「…………」

「年のころは？　よほどの手利きか？」

寒さと、息苦しさをまぎらすように周作は話しかけた。頑なに背を向けていた志津は、くるりと、ふりかえった。

「幾つじゃ？　仇は。老体か、それとも、わしと同じくらい？」

「……ええ」

「そうか、三十五、六か。剣は、何流をつかう？」

「……北辰一刀流を」

「なに！」

「先生‼」絶叫した志津は、どうと、身をなげかけて来た。狂ったように、きれぎれに叫んだ。

「出来ませぬ、志津には、出来ませぬ、先生を仇とは思えませぬ……」

五

厲波惣左衛門の娘、志津……

「そうだったのか……」

水浴びの背に、真剣で突いて来たのも頷《うなず》ける。仇の内懐へ入って、隙を狙《ねら》っていたのだ。

周作は啞然《あぜん》とした。

「仇……」

厲波を討ったのは武道の果し合いである。その勝者を狙うのも、又、武道なのだ。武道はその返り討ちもまた認めている。矛盾と力の世界だった。

つけ狙われているとは知らなかった周作である。

——あれから二十年……

志津は母の胎内にあったのか、それとも当歳に過ぎなかったろう。二十年の辛苦の果てに、この結末は……

私情に於ては討たれてやりたかった。が、理性は、それを拒んだ。

北辰一刀流は、どうなる。父祖三代に亘《わた》って、究めた、この真の剣法の行方は？

己れがこのまま斃れれば、北辰一刀流は、後の世に伝えることが出来ないのだ。又七郎の乞《こ》いを斥《しりぞ》けてまで、世に伝えんとする北辰一刀流の行方を思うと、周作は、志津の剣の前に、からだを投げだすことが出来なかった。

「一人で……わしを狙ったのか、ほかに？」

定吉の話を、ふっと思いだした。五十前後の跛者の男――

「あ、危ないッ」

志津は、突然、両手をひろげて、周作を庇《かば》った。とたん、その手が、虚空《こくう》をつかんで、呻《うめ》いた。背に、ふかぶかと、矢が突き刺さり、白い矢羽が、ふるえていた。

「うぬ！」

片手抱きにして、矢の飛来した方向をふり仰ぐと、第二の矢が、そのおもてに。ぴしっと、抜き討ちに折った。第三の矢が飛びくる前に、彼は、見た。唐傘銀杏の梢《こずえ》にまたがった人影を。

葉を落した梢に、いままで、蝙蝠《こうもり》のようにへばりついていたのであろう。その影は三矢を虚しく射ると、弓を叩《たた》きつけて、身軽くとびおりた。

その足が、枯草にふれるかふれぬうちに、駈けよった周作の手練の一刃が、下から掬《すく》いあげるように、夜気をぶち切って走った。潮風に、むっと、血が交った。

どさっと、もんどりうって落ちながら、さすがに、件《くだん》の男は、大刀を鞘走《さやばし》らせていたのである。白刃は、しかし、枯草を半円に薙いだだけで、その動きをとめた。男は、一太刀で息絶えていた。

その男が、跛者の男であり、志津には叔父にあたるやはり日置流の達人とはもとより知る由もなく、また知る必要もなかった。

周作は、血刀ひいて、彼女のもとに駈け戻った。矢は、ふかぶかと左胸部を貫き、四肢が痙攣《けいれん》していた。周作は、そのからだを抱いた。

「志津！」

花のさかりのいのちを、男も知らずに散ってゆく女のあわれさが、周作の胸に迫った。父の仇に抱かれて死ぬとは、如何なる因果のめぐりあわせか。志津は、うすく目をあけた。その色のない唇が、何か囁《ささや》いた。何と言ったのか？

「志津、志津！」

大きく胸を喘《あえ》がせたのを最後に、ぐたりとからだは重く落ちた。あくまで明るい盈月に照らされて、その死顔には微笑すら浮んでいた。

周作は、間もなく妻を娶った。四男一女を得、安政《あんせい》二年、六十二歳で歿った。前述したように、長兄又右衛門は岡部藩に仕え、定吉は京橋《きょうばし》桶町に道場をひらき、門弟には海保帆平、庄司弁吉のような名人を出し、また清河八郎《きよかわはちろう》、有村次左衛門《ありむらじざえもん》、坂本竜馬《さかもとりょうま》なども、その門に学んで、江戸三大道場の一に数えられる隆盛を見たが、不思議にも、四男、悉《ことごと》く夭折《ようせつ》している。長男岐藤太郎は周作より一年早く死に、小天狗栄次郎が文久二年、四男多門四郎もそれにつぎ、三男道三郎が明治まで生き残ったが、五年に三十八歳で死に、お玉が池の道場は衰微した。わずかに、定吉の子、一胤《かずたね》が、桶町千葉を継いだものの、早くに鳥取藩に仕えて教授頭取となり、御一新後は、開拓使京都府に奉職し、北辰一刀流の継承者としては、むしろ不肖の余生を送っている。このひとが明治十八年に六十二歳で世を去ったあと、その血筋には剣客として名を馳《は》せる人も絶えた。

ある志士の像

一

「月形半平太《つきがたはんぺいた》……」

ちょっと考えるような目つきになって、

「いい名どすえ」

女は、にこりとした。

「惚《ほ》れぼれするよな、ええお武家を想像しますよって」

「実物を見たら、うんざりかね？」

「あら意地悪！」

袂《たもと》をあげて、ぶつ真似《まね》をした。ぷんと、伽羅《きやら》が薫る。

「そないこと言やはると。罰盃《ばつぱい》どすえ、杯洗で……」

と女は、銚子《ちようし》をとりあげる。

嬌《なま》めいた声であり、男の心を羽毛で焦らすようなしぐさであった。

表情も、派手やかで、狂奔する時勢を忘れさせる情感に満ち満ちていた。

加茂《かも》の夜風が、冷えて吹きこむ部屋であった。

もうかなり更けていた。遠い三味の音のあいだに思いだしたような千鳥の声が聞えてくる。香の空薫《そらだ》きが、女のからだの動きとともに匂《にお》った。黒漆の膳部《ぜんぶ》、金泥の六曲屏風《びょうぶ》、青畳もすがすがしいし、秋草を淡彩で描いた朱骨の絹行燈《きぬあんどん》は、やわらかな雰囲気を醸しだしているのである。

「京は初めてと、おいいやしたけど……」と、女がいった。「嘘《うそ》どっしゃろ、そない見えしまへんえ」

「なに、出てきたばかりだ」

「だって、浅葱裏《あさぎうら》、あら御免やして」

くっくっくと、長い袂で笑いをこらえて、

「田舎のお武家らしゅうないよって」

「田舎漢《もの》だよ、京には今日出てきたばかりだ」

「京に今日、ほほほほほ」

よく笑う女だ。

「いや、洒落《しゃれ》ではない」

生真面目《きまじめ》に、否定するのが、おかしいといって女は、重ねて、笑った。

「おまえの名は」と、聞きかけて、

「あ、小里だったな、小里……」

「ほほほほ、どないしやはって？」

　酔った、と感じた。

　酒には強いほうだったが、故郷の破れ畳で地酒を手酌するのとは違う。紅灯の巷《ちまた》、京女の酌が、酔いを早めたのであろう。

　ごろりと横になると、

「あら、もう？」

「酔ったようだ」

「酔うほど召上らはりしまへんえ？」

　小里が、にじりよって、半平太を抱こうとしたとき、足音が聞えた。

「天津はんが……」

　彼女は、いそいで離れようとした。

　がその間をおかせず、唐紙《からかみ》が開けられた。乱暴な動作であった。

　殺気を感じて、とびおきた目のまえに、

「――浪人者だな」

　吼《ほ》えるような声にもまして、兇《まが》まがしい目つきと態度をした武士、五、六人が立ちはだかっていた。

「何者？　推参だぞ」

半平太は片膝《かたひざ》おこすや、刀をひきそばめた。

「市中見廻組《みまわりぐみ》だ、胡乱《うろん》の者をとりしらべておる」

襷《たすき》こそかけてはいないが短槍《たんそう》をかいこみ、袴《はかま》の股立《ももだち》とった、ものものしさである。

——見廻組！

しまった、と心で思い、唇をかんだ半平太を、うしろに庇《かば》うように、

「ほほほほ、野暮くさ、辛気くさい、浪人狩りなら、お門違いどすえ」

と小里が、のりだして、

「こちらはんは、あての情人《いいひと》。今日お国からあてを訊《たず》ねて、はるばるのぼってきやはったのに、目くじらたててどなられては、せっかくの逢瀬《おうせ》が滅茶滅茶やおへんか」

驚いたことに、小里は、半平太を袖《そで》で覆すようにしなだれかかったのだ。

見廻組は一寸《ちょっと》、鼻白んだが、

「生国を承わろう」

と、正面の男がいい、脇《わき》の男が、腰にさげた帳面をひろげた。

「信濃《しなの》のくに伊那《いな》郡山吹《ごおりやまぶき》藩座光寺の家人にて……」

と、名乗ると矢立の筆を走らせた男が、

「座光寺、と申すと直参《じきさん》と覚えたが」

「左様、交代寄合にて三千石の家柄だ」

見廻組は、その名が示すように、現在に例称するなら臨時出動自衛隊のようなものだ（常備治安の警視庁としては守護職所司代がある）。旗本の次三男や有志で構成されている。組頭の一人は、寄合席の松平因幡守《まつだいらいなばのかみ》だから、

「――これは、無礼を致した」

急に、見廻組の者は恐縮をあらわにして、

「長州土州などの不逞《ふてい》の輩《やから》を洛中《らくちゅう》より一掃するために、かく詮議《せんぎ》しております」

粗暴なふるまいに諒解《りょうかい》をもとめて、立ち去った。

「あて、吃驚《びっくり》して……」

小里は、胸に手をあてて、大仰に、

「ここが、まだどきどきしてまんね」

「見廻組か」

ほっとしたように、半平太はいった。

――新選組だったら……

今朝のことが思いだされた。

――顔を覚えられているかもしれぬ……

「ほなら、月形はんはお旗本ですの」

「旗本ではない。陪臣だからな……」

交代寄合というのは、旗本であって、大名の如《ごと》くに参観交代《さんきんこうたい》をする家柄でそれに応じた格式を持っている。老中支配になり、一万石以下二千石までで三十家ほどあった。

伊那山吹の座光寺家は信濃衆（三家）の一で三河《みかわ》以来の家柄であるが、由来、信州は平田学《ひらたがく》の盛んな土地で、当主右京為邑《うきょうためむら》は国学の教育を受けて勤皇の志が深い。

しかし直参ではあるし、積極的に討幕を意味する尊攘《そんじょう》運動には参加出来ず、矛盾に悩んでいた。彼は、そうした主人の因循《いんじゅん》さが歯がゆい感じで、単身、出奔してきたのである。

二

騒乱の巷に——物好きな！

今日の常識から考えると、無暴であり無思慮だと誹《そし》られるかもしれない。

これを時勢の波だと一言で弁ずるのは、また今日の読者に不親切であるかもしれない。

だが滔々《とうとう》たる洪水の奔流するような時勢のさなかにある青年が、少しでも熱と、男の血があれば、拱手《きょうしゅ》して、世の動きを傍観してはいられないはずだ。

その青年客気の情熱が、平田学という裏付けがあって、国粋民族主義に目ざめて、時代の中枢部である京を目ざしたのも、当然であろう。

内政外交に、ことごとく失敗を重ね国民に不安を与えている徳川《とくがわ》宗家を討ち倒して王政を復古すべし、という勤皇思想が、多分に（後世から見ると）羊頭狗肉《ようとうくにく》の感があるが、大多数の純真な青年は、この大義名分に惑わされたのも不思議ではない。

東条英機《とうじょうひでき》の指向に従って、死地に走った純真な青年学徒の思想をかえりみて類推しても大誤ないはずである。

尊皇！　攘夷《じょうい》！

この魅力的な合言葉の洪水に流された一人――

――山吹の陪臣、なにがし青年が、文久《ぶんきゅう》三年八月二十一日の夜道をかけて、逢坂山《おうさかやま》を越えたのも、一日一刻も早く、千年王城の地を踏みたかったからにほかならない。

ところが、入京第一歩に、意外なことが待ちかまえていた。

暁闇《ぎょうあん》に加茂川の小波《さざなみ》を見て、

――京だッ。

歓喜がこみあげた。三条大橋を半ばほど渡りかけたとき、朝露を裂いて冴《さ》えた剣戟《けんげき》のひびきを耳にした。

つづいて、肺腑《はいふ》を貫くような、矢声が聞えた。下弦の月が東山《ひがしやま》の上にある。河原の露のなかに、影絵のように、幾つかの影が動いている。

彼は、柄袋をはねのけながら、堤を駈《か》けおりた。

一人に四人であった。

走ってきた彼をすかし見て、二人が、

「邪魔するな」と、居たけ高にむきなおった。

「新選組の取締りだぞ、邪魔入るれば同罪になるぞ」

新選組、と聞いては普通の武士なら手をひくはずだ。守護職支配を笠《かさ》に着た剽悍《ひようかん》無頼者を嘯集《しようしゆう》した暴力団体である。

「おう」

若者は鯉口《こいぐち》をきった。

「佐幕の走狗《そうく》か、ゆくぞッ」

言下に、必殺の刃が、鞘走《さやばし》った。

触れれば、骨をも断つ、鏡心明智流皆伝の腕前だ。

まさか、刃向うとも思わなかった。初太刀がきまって朝露に血がにじんだ。

「や、こいつ」

次の男が、短槍くりだすのを空を突かせて拝み討ち。

我ながら、小気味よく、袈裟《けさ》に斬っていた。刃先が骨を削る鈍い衝撃がぐんと、肘《ひじ》から肩へ伝って、

――斬った！

血ぶるいとともに、倒れるからだをとびこえて、三人目に向っていた。

初めての殺人であった。こうしたことは腕の良悪にもよるが、転瞬の間の呼吸が勝負を決する。

相手も新選組隊士だから腕には覚えがあるはずのものを、この若者の敏捷《びんしょう》な、恐れを知らぬ太刀先に戦慄《せんりつ》したのか残った二人は、刀をひいて逃げだしていた。

「卑怯《ひきょう》な!」

勢いづいて追おうとする若者を、

「待て待て」

助けられた武士は、どっかりと、腰をおろして、

「おかげで命拾いした。命は惜しくはないがまだ死ねぬからな」

と、血の吹きだしている顔で笑った。

「君は……脱走人か? どこの藩だ?」

「信濃から出てきたばかりですが……勤皇の大義に生きるために……」

やや固くなって、若者は答えた。武士は、その顔を凝《じ》っと見て、

「そうか」と、頷《うなず》き、せかせかした口調で、

「おれは長州の杉山《すぎやま》だ。平野《ひらの》さんと昨日たち戻ってきたところを、新選組に感づかれてな、この始末よ」

「平野……国臣《くにおみ》と申される……」

福岡藩士で熱烈な尊攘志士として、聞えていた。若者の胸は感激でふるえた。

「詳しい話は、あとで聞こう。おれは一まず身をかくさねばならん……そうだ、連絡は小里という芸妓《げいこ》を通じてする。今夜でもどこか料亭で待っていてくれ」

夜が明けかけていた。杉山松介《まつすけ》はたちあがって、

「あ、まだ、君の名を聞いておらんかったな、それからおれはこのあたりの茶屋では天津惣十郎と変名しているからそのつもりできてくれ」

「拙者は、月、月形、半平太と……」

「月形半平太」

杉山の天津は頷いた。

「月形洗蔵《つきがたせんぞう》と武市半平太《たけちはんぺいた》を一緒にしたような名だな。うん覚えやすくていい。あ、それから、こいつらにとどめを刺しておくがいい」

それっきり、あともふりむかず、傷を負ったのか、足をひきずるようにして、朝露のなかを、遠ざかった。

月形洗蔵（筑前《ちくぜん》）も武市半平太（土佐《とさ》）も尊攘派の志士である。殊に武市は、江戸の桃井春蔵《もものいしゅんぞう》の塾頭だったせいで、竹刀《しない》を合わせて貰《もら》っている。

平野国臣の名を聞いて、月形と、言ってしまった。変名もまた時勢の要請でもあった し若者の心に、天下の志士と交流することの喜びが、熱血の志士にふさわしい名前を、

咄嗟《とっさ》に撰択させたと見てよいだろう。

——杉山はなかなか姿を見せなかった。

「無事に逃げおおせたのだろうか？」

「逃げ道は心得た人どすよって、心配おへん」

二人は、それから間もなく、料亭《ちゃや》を出て、小里の家へ行った。小女が、杉山が家で待っていることを告げにきたからである。

「料亭は危ないよって……」

小里もかなり酔っていた。

料亭を出るときは、しゃんとしていた小里は、戻る道すがら、屢々《しばしば》よろけて、半平太に支えられた。

「堪忍《かんにん》ね、あて、きつう酔うたわ……」

「遠いのか？」

「すぐそこだす、その角まがって」

小路に入ると、手が、手をさぐってきた。

うす歯の日和下駄《ひよりげた》がからっからっと気持よく音をたてた。その音が、ふととだえたと思うと小里は立ちどまってふり仰いでいた。

「月形はん……」

はっとした顔に、小里の唇が、近づいた。

火を抱いた臠肉《れんにく》の甘さ……

「――ないしょ」

顔をはなしてから、小里はちろりと赤い舌をだし、ふふふと首をすくめて笑った。

「天津はんには、内緒どすえ」

小菊紙で、すばやく、男の唇を拭《ふ》いて、からからッと、下駄をならして、家へかけこんだ。もうそこが、家であった。

小里と軒行燈《のきあんどん》に読めるのは、自前で出ているのであろう。

杉山松介は待っていた。

はじめ、おや？　と思ったのは、町人風に髷《まげ》も変え姿も縞物《しまもの》の着流ししていたことである。

「来たか、まず、あがれ」

言葉づかいは変らない。

「今朝ほどは、命拾いした。詮議がきびしくてな、うかうかおもても歩けん」

足の繃帯《ほうたい》が目だった。額に膏薬《こうやく》が貼《は》ってあった。

先に帰った小女が燗《かん》をしていたとみえ、すぐに酒になった。

「君に助けられたことを語ると、みんな喜んでな。同志として、働いて貰うことにした」

と、杉山はいった。

「桂《かつら》（小五郎《こごろう》）さんや久坂《くさか》（玄瑞《げんずい》）さんが、隠れ家にひそんで暫《しばら》く、形勢を見ているから、そのうち引き合わそう……」

「お願いします」

杉山はそれから、声をひそめて、現下の情勢について語った。

それによるといまは長土藩、ことに、長藩に頼る浪士にとって、最も悪い時期だという。

それは、維新史で所謂《いわゆる》、八・一八事件（九門《きゅうもん》の変）の故であった。

尊攘派同志の劃策《かくさく》によって、攘夷親征が議決され大和《やまと》行幸が仰《おお》せだされるや時こそ来《きた》れりと過激派浪士は剣を執《と》って立ちあがった。大和の天誅組《てんちゅうぐみ》挙兵がそれである。佐幕派と公武合体派では驚いて、ひそかに親幕の公卿《くぎょう》と謀《はか》り天皇を諫止《かんし》した。孝明《こうめい》天皇には実権も意志もない。忽《たちま》ち、綸旨《りんし》を翻され同時に、親兵たる長藩の九門警備は解任、ついで尊攘派七卿《しちきょう》は禁足官符を剝《は》がれた。

その夜のうちに、七卿は長藩兵に護衛されて西国へ落ちた。

「――守護職や新選組がのさばってきてな、今朝の始末だ、洛中洛外、尊攘の士の活動を許さんといきまいている」

「………」

「どうした、顔色が変ったぞ」

「いや」

「これくらいの困難は覚悟の前だろう、幸いにして、貴公は顔を見知られてはおらんし、おれのいない間、桂さんなどと連絡をとって形勢を見ていてくれぬか」

「やりましょう」

「おれは明日長門《ながと》へひとまず帰る。では先に寝かしてもらおう」

杉山は、ふいに、小里の手頸《てくび》をつかんで引きよせた。肩を抱いた。

「あれ、月形はんのまえで」

「よいではないか、同志じゃ……干戈《かんか》を縫うては抱く美婦の臀《しり》、はははは歌にならんか、ははははは……」

爆発するような高笑いと、小里の嬌声《きょうせい》とに耳をおおいたいような不快さのなかで、半平太は、酒をあおった。ただ苦いだけの酒であった。

――これで尊攘の志士だろうか、回天の大業に参与する者の生活なのか？……

ある種の幻滅と、潜行活動の昂奮《こうふん》が、異常に胸のうちを駈けめぐった。

唇に小里の紅唇の感触が、のこっていた。

三

「——ふしぎな女だ……」

潜伏活動のさなかに、月形半平太は、つくづくそう思った。

連絡——という名目で、小里とは時々逢《あ》っていた。

日ごろは圧《おさ》えている思慕が、顔を見、声を聞けば、勃然《ぼつぜん》と沸きあがった。

何度か唇を合わせた。

が、それ以上には、踏みこまなかった。

あれほどの思いを訴え、情熱に燃えているくせに、小里のほうで、拒むのだ。

「あて、あんたはんのことを思うと、もうせつのうて、たまらへんの、そやさかい、あて、なるべくなら逢いとうはないのどす」

「…………」

「忘れようと思い、忘れられまへん、そやさかい……」

踏みこえれば、どこまでずるずると深みにはまってゆくか、それが恐ろしい、と泣く小里だった。

初めての夜、小路で唇をよせ、しがみついてきたときの嬌態が半平太には忘れられなかった。

——浮気っぽい女……

としか見ていなかった小里だったが、尊攘党のために尽くしているのは、杉山松介に引きずられてのことらしかった。

桂小五郎の女、幾松《いくまつ》などとも連絡をとったり、祇園《ぎおん》の料亭に遊びにくる守護職の関係者などの席へは進んででて、情報を捜る。

「——なんだ貴公、小里とは、まだなのか」

桂小五郎があきれて、

「貴公の物堅いのも困りものだな」

「杉山どのに……」

「遠慮がいるものか、惚《ほ》れられたら、喜ばせてやるものだ。そんな石部金吉では、大業は出来ぬぞ」

桂小五郎が、乞食《こじき》に変装し、あるいは、虚無僧《こむそう》体となって活躍したのは、このころのことである。

攘夷を討幕に利用し、天下を握るや、開国と百八十度の転換をして、新時代を拓《ひら》いた傑物である。融通無礙闊達《ゆうずうむげかったつ》自在な小五郎は、危機にあっても動揺することなく、幾松との交情もなかなかのものであったらしい。

身が危険なればこそ、その情熱はまた、一入《ひとしお》熾烈《しれつ》に燃えあがったのであろう。

「抱いてしまえ、女なンて抱いてやればいいのだ」

尊敬しながらも、しかし、そんな小五郎には承服し兼ねるものが、若者の胸に動いていた。

「それが女も喜ぶし、つまらん迷いを捨て去ることにもなれば、それだけ討幕が早く成る。いわば、天下の為《ため》だぞ」

笑いながらではあったが、大義のためには手段を選ばぬという彼等の思想に共鳴するには、半平太は理想家でありすぎた。

長州藩では、七卿の冤罪《えんざい》を霽《は》らすべく運動をはじめていたが、実権を再握した幕府が、これを聞きいれるはずはない。毛利慶親《もうりよしちか》父子を召喚せんとしたり、薩土《さつど》と公武合体論を進める一方、征長の議を謀りはじめていた。

年があけ、二月に元治《げんじ》と改元あり、幕府の征長の腹はいよいよ決ってきた。

五月に入ってからである。

ひょっこり、杉山松介が、京に舞戻ってきた。

もとより浪士詮議の厳重ななかである。

連絡があって、耳塚辺のしもたやに潜んでいた半平太が小里のところへ行くと、

「こっちだ」

いた。


と、狭い庭から、声がした。

驚いたことに、杉山松介が、下帯一本で、狭いところに盥《たらい》を持ちだして、湯浴《ゆあ》みしていた。

「危険だ、刀を離しては」

「なアに、こいつがある」

杉山は、腋《わき》の下を洗いながら、八ツ手の茂みに手をのばした。

「短筒だ。燧石《ひうちいし》がいらず火縄がいらぬ。便利なものだ。十間離れて、人が殺せるぞ」

その背中に、生々しい刀痕《とうこん》が目をひいた。

「——いよいよ藩論一致を見た、近いうちに、また戦争だ」

と、愉快そうに笑い、

「京を火の海にしてやる」

「ほんまどすか、それ」

「嘘をいうか、そのまえに、小里、きさまのしごとがある」

「なんやしらへんけど、京の町も焼野ケ原にしやはりますの」

「天下のためだ」と、杉山は、一言で片附《かたづ》けて、

「小里、きさま、中川宮《なかがわのみや》に手蔓《てづる》がないか？」

「お公卿《くげ》はん？」

「天誅《てんちゅう》にせねばならんやつだ」

中川宮朝彦《あさひこ》親王は、八・一八事件の元兇《げんきょう》である。弱冠にして、英邁《えいまい》、公武合体論者にして攘夷論者であった。

「なんとかして、天誅できるようにするのだ。奴《やつ》の家臣をたらしておびきよせるとか……」

裸身にまつわりつく蚊を、ぴしぴしと打ち殺しながら、杉山はいった。

「月形、桂さんが褒めていたが、貴公、小里に手をつけなかったそうだな、はははは、遠慮せずともよかったのじゃに」

「杉山はん!」

「なンだ。はははは貞婦二夫に見《まみ》えず、というやつだろう、可愛《かわい》いぞ、きさま」

「——踏みこえたら、忘れられなくなるよって……」

そういって、泣いた小里である。

そのくせ、杉山松介の幅びろい胸に抱きすくめられると、嬉《うれ》しそうな嬌声をあげる。

半平太の前で、痴態を演じることもある。

——どういうつもりなのであろう。

女に経験の浅い半平太には、女の懊悩《おうのう》が、悲しみが、そうした反射作用を示すものだとは理解できなかった。

そのころから、長州藩士や、尊攘派浪士が目だたぬようにぼつぼつ潜入してきた。丁度、水戸《みと》の天狗党《てんぐとう》が、筑波山《つくばさん》に拠《よ》って気勢をあげているころではあり、将軍家茂《いえもち》が、無事に東帰して、ほっと一息ついたところだったから、守護職などの警戒の目もゆるんでいたのである。

「――小里、まだか早くものにせい」

顔を見るたびに、杉山は、急《せ》かした。

「すんまへん」

なぜ、そうまで、杉山に顎《あご》で動かされねばならぬのか。

半平太を忘れるための行為が、彼女を、ずるずると杉山の奴隷にした。女の生理の弱さ、哀《かな》しさだった。

一方、浪士たちの間では、屢々《しばしば》会合が繰り返され、上京する長藩の大軍をひきいれるために、市中に放火する計画が進められていた。

「――それにはまず、新選組の奴等を鏖殺《おうさつ》せんけりゃならん」

杉山が昂奮していった。東山山麓《さんろく》高台寺の一室を借りての秘密会合の席であった。

「それには焼打ちだ。壬生《みぶ》屯所を四方から焼打ちにして、逃れ出る奴を斬る。すれば守護職や、所司代、見廻組が壬生に出動するのは必定――この隙《すき》に御所へ火を放つ」

「御所に⁉」

「そうだ、御所に」

と、平然と、杉山は頷《うなず》いて、

「手段だ。これは小火《ぼや》でよい。中川宮や会津《あいづ》侯が急遽参内《きゅうきょさんだい》するだろう……そこを」

にやりとして、すぱっと、手刀で宙を切った。

「これだ。どうだ、孔明《こうめい》も裸足《はだし》の計画だろう」

「いかん」

ぬっと立ったのは、月形半平太である。

「それはいかん」

「なに！」と、杉山は、毛虫のような眉《まゆ》をぴくりとさせて、

「月形、反対するのか、きさま」

「いや、新選組を除くのはいい、だが、市中に放火しては、商人や無縁の者たちにまで迷惑が……」

「おけ」

と、杉山は哄笑《こうしょう》した。

「青臭いことをいうな。苟《いやし》くも日本人である以上王政復古に、無縁の者があるか？」

「………」

「徳川幕府を倒すことは、即《すなわ》ち、万民の倖《しあわ》せのためだ。とすれば、多少のことはやむを得まい」

杉山の言葉に、みんなが一様に頷くのを見ると、半平太の胸は、くらくふさがってきた。

――万民の倖せ？

――真に万民の倖せがくるのだろうか？　彼等が幕府に変るだけのことではあるまいか？

半平太は、皆の視線に非難がこめられているのに気がついた。が、黙っておれなかった。

「放火だけはやめて頂けぬか、ほかの方法で一挙に……」

「だから青臭いというのだ。感傷を捨てろ、大業の前には片々たる些事《さじ》に過ぎん。町人や役にもたたぬ公卿の千人や二千人焼け死んだとて、何だというのだ！」

「暴論だ、尊攘思想は、そんな、そんな……」

半平太も激した。

刀を摑《つか》んで立ちあがったとき、足音がした。

見張りの志士に案内されて、小里が入ってきた。

「おうどうした？」

杉山は、頰の筋肉を弛《ゆる》めて、刀をおいた。

「――明日」

と、小里は、呟《つぶや》くようにいった。

「宮家の高橋という武家がきます……」

「高橋、建之丞か」

と、また杉山の手は刀にのびていた。

「奸物《かんぶつ》だ、中川宮と一つ穴の貉《むじな》だ、斬ろう！」

四

祇園祭で名高い八坂神社は、四条通りの東端にある。

蒸暑い京の夏は、宵から河原が賑《にぎ》わう。河原からあふれた人々は橋上から、祇園の楼門のほうへぞろぞろ流れていた。

小里が本殿で拝んでいるあいだ、高橋建之丞は、きょときょとしながら、待っていた。絽《ろ》で作った頭巾《ずきん》をかぶっていた。

「――長かったな、何を拝んだ？」

「あてておみやす」

「さて……ええ男の赤児《やや》生みたい……」

「あほらし」

「わしは、そなたにわしの子を生ませたい」

「あほらし」

「あほらしいのが人生さ」

建之丞は、背後をふりかえった。

「人間の明日の生命などあてにはならん、わしなども、こうやって散策するにも、頭巾が離せぬ」

小里はひやりとした。

「明日知れぬいのちなら、楽しい思いをしただけ得じゃ、のう、そうは思わぬか」

建之丞とあうのはこれで五回目であった。

一目見て、この宮侍は、小里にまいった。執こく口説いていた。

今夜は、なびくように見せて、散策に連れだしたのである。

好きでもない嫌いでもない宮侍だったが、蜘蛛《くも》の巣のなかに誘う役目は、さすがに、気持いいものではなかった。

本殿の裏手から真葛ケ原《まくずがはら》へぬけると、もう人影もまばらになる。

「どこへ行くのじゃ、去《い》のう、去んで……の、今夜は逃さぬぞ」

「ええ、逃げはしまへん」

「やっと思いが通じたの」

「知恩院にお詣《まい》りして、帰りまほ」

「わしは早く、褥《しとね》に添寝したい」と、建之丞は、小里の肩に手をまわした。

真葛ヶ原の中ほどだった。人影はない。

「あら……」

「葉の褥でもよいぞ」

「あきまへん」

もがいた。建之丞は、急に欲情したらしく腕に力がこもった。

褄《つま》をはなして、もがくうちに、鼻緒がきれ、小里はよろめいた。

「いやッ、こんなところで」

「よいではないか、の、の……」

その建之丞の手が、ふっと離れたのは、闇《やみ》の周囲から湧《わ》いたように、人影が、にじみ出たからである。

「や……?」

建之丞は、刀の柄に手をかけて、

「誰《だれ》じゃ、人違いするな、狙《ねら》われる覚えはないぞ」

「何をほざく、奸物め」

杉山松介の手には星影を宿して、短筒があった。

「天誅だ」

「あっ」

建之丞は、巨体にもかかわらず、敏捷《びんしょう》に身をひるがえして小里を抱きよせた。

「あれ、放して」

「撃ってみろ、不逞《ふてい》浪人ども」

取巻いた十人のなかの一人、月形半平太がはっとしたのは楯《たて》にしただけではなく、建之丞が、脇差《わきざし》を抜いて、小里の頸に擬したからである。

「撃ってみろ、撃てるか、撃てまい、ふふふふふ」

そのまま、小里を引きずるようにして真葛ケ原を、祇園のほうへ戻ってゆくのだ。

夏の宵である。涼みの人々が騒ぎたてれば、見廻組か新選組が駈けつけるだろう。

「ええ、くそ！」

杉山はぎりぎり、歯を嚙《か》んだ。

この期を逃しては、二度と機会はない。

「くそ！」

「やってしまえ」

他の者も、抜刀したまま、動けずにいたのである。

「よし！」

杉山の手があがった。

「待て」

叫びざまに半平太は、短筒を叩《たた》きおとした。

「きさま、何をする」

「小里を殺す気かッ」

「……きさま」

わなわなと、ふるえた。

その間に、建之丞は、遠ざかってゆくのだ。

小里の悲鳴とともに。

「月形！」はげしい声がした。

いつの間にか、桂小五郎が、背後に立っていた。

「私情をはさむな」

静かな声だったが、それは千斤の重みを持っていた。逡《しゅん》巡《じゅん》するみんなの気持を、その一言が、決定した。

やにわに、杉山は、足もとの叢《くさむら》から、短筒を拾うと、たッたッと走りだした。

「桂さん、拙者はあんたを許さぬ」

半平太は、軽蔑《けいべつ》と憤怒をこめて吐き捨てるや、

「待て、杉山！」と追いすがった。その目のまえに、ぱっと閃光《せんこう》が奔《はし》り、轟音《ごうおん》が、夏の夜の原にひびきわたった。

そして、また一発！

小里のたまぎるような悲鳴が、尾をひいて流れた。

二つの影が、十間の彼方《かなた》で、もつれて、倒れるのが見えた。

半平太は愕然《がくぜん》として、棒立ちになった。

次の瞬間、どうと、杉山を蹴倒《けたお》して、小里に駈けよった。

高橋は、それを見て、身をおこした。

すばやく抜刀した。

「こい、不逞浪士ども」

だが、もう、刀をふるう力も無いふうであった。僅《わず》かに、半身をささえているだけだった。凄《すご》い目をして、どこを貫通されたか、唇のまわりを血泡で濡《ぬ》らしていた。

半平太は、そんな建之丞を一瞥《いちべつ》しただけで、小里を抱きおこした。

その手にべっとりと、血糊が——

「しっかりせい、傷は浅い……」

夥《おびただ》しい血だったし鉛丸は、左胸部を貫いているらしかった。駄目かもしれぬと思い

ながら、半平太は、しかし、そう力づけずには居《お》れなかった。

「月形はん……」

「おう、気をたしかに持て」

抱きあげて、坂を、おりてゆこうとした。

そのときには、しかし、銃声と悲鳴を聞き伝えたのであろう、袖と裾《すそ》に浅黄いろの山形を染めだした麻羽織を着た新選組の隊士が、数人、提灯《ちょうちん》をふりながら、走ってきた。

「――半平太！」

桂が、ぎくりとして、

「逃げろ」と、叫んだ。

人数はほぼ同じだ。だが、斬り合いが長びけば加勢がくることは必定なのだ。

「逃げろ、半平太」

桂の声は悲痛だった。

だが、その声も耳に入らなかった。新選組の提灯も目に入らないもののごとく、歩いてゆくのだ。

「桂さん、無駄だ」

高橋の刀でとどめを刺した杉山が、冷たい声でいった。

「焼打ちの一件が洩《も》れるとまずいですな」

桂が、あっと思ったとき、短筒は三たび火を吹いた。

新選組の隊士が、提灯を捨て、薙《な》ぎ倒されたように身を伏せるのが見えた。

そして、月形半平太の姿は、がくりと、よろめき、一たん膝《ひざ》をついたが、また、身をおこして、社のほうへ歩いてゆく。小里を抱いたまま……

「さア行きましょう桂さん」

「半平太は」

「拙者の腕だ」

杉山は嘲《あざけ》るようにいい、同志とともに真葛ヶ原の闇にまぎれて、消えた。

——死ぬのか……

半平太は、左半身の知覚をなくしたまま、小里を抱いて、一歩一歩、社殿のほうへ歩いていった。

涼みの人々は、時ならぬ銃声と、悲鳴と、そして新選組の隊士の手に閃《ひらめ》く白刃に、竦《すく》みあがり、騒ぎたてていたが、半平太の姿を見ると、ぴたりと騒ぎをやめた。

「——小里！　小里」

「あい……月形はん、あて、あて、嬉しい」

「放さぬぞ、どこまでも一緒に行こう」

もう尊皇も、攘夷も、討幕も、すべては霧散し、ひたすらなる小里への愛だけがあった。

咽喉《のど》が灼《や》けつくようであった。御手洗《みたらし》のところへきて、柄杓《ひしやく》で飲んだ。

「甘露……」

にこりとして、彼は柄杓を小里の口へあてがった。水は色を失った唇を濡《ぬ》らしただけである。はげしい戦慄《せんりつ》がきた。

「月形はん……」

「小里！　小里！　おれもゆくぞ」

抜刀で取り巻いた新選組の隊士のなかに、彼は、去年、京へ一歩を印した夜、逃した男の顔を見とめた。

——同志に撃たれ、敵に斬られて、月形半平太は死んでゆく……

みじめな死にかたも宿命だとあきらめながら、せめて、本名が汚垢《おこう》にまみれなかっただけでも幸いだと思った。

彼は、鯉口をくつろげ、

「尊皇の志士、月形半平太だ、相手になろう」

すらりと抜いて、立ちあがった。ぱっと、新選組の隊士は輪をひろげた。その空間へ彼はゆっくりと一歩ふみだした。

維新の大業が、親を滅して成ったかどうか知らぬが、所謂《いわゆる》三条小橋畔池田屋に於《お》いて、洛中騒擾隊《そうじょうたい》が斬殺或《ざんさつある》は捕縛されたのは、翌六月五日の夜。即ち十日と経《た》たぬうちである。近藤勇《こんどういさみ》の書簡によれば、〃討取七人、疵為負候者《きずをおわせそうろうもの》四人、召捕二十三人〃に及んだといい、討取人の中に長州藩士杉山松介の名が見えている。天眼、陋劣《ろうれつ》の士を看過することがなかったのであろう。

最後の天誅組

一

いちど紅をひいてから、お久は懐紙で丁寧にぬぐいとった。

鏡をのぞきこんで、

——まだ濃いいかしら？……

と、気になった。

妙に浮き浮きした気持である。こんな気持はちかごろ珍しいことだった。ずっと昔、小さいころに、村祭りに胸がときめいたことがあった。

五条《ごじよう》に連れていって貰《もら》うという前夜、眠れなかったのを憶《おぼ》えている。

——いやなお久、まだ濃いいえ、なにもそないお化粧せんかてええのんに……

きゅっと、鏡のなかを睨《にら》んでやる。

照れくさいのだ。なんでもないのに——といいながら、何かを期待しているようなじぶんの気持をふりかえると、かッと胸が熱くなる。

それは、「武木《たきぎ》のお姫様《ひいさま》」を侮辱しているようで、お久は、

——やめたろかしら、行くの……

紅筆をわざとかどだった手ぶりで、ぽんと投げ捨てる。

――行かなんだら……喜助どんが暁方《あけがた》まで待っているかもしれへんし……

可哀想《かわいそう》だから、いってあげよう。そう気をとりなおす。

はじめからすっぽかす気はないのだ。そうやって鏡のなかの「お姫様」に、決してじぶんは喜んでゆくのではない、と納得させることが、せめてものお久の矜持《きょうじ》をささえている。

鏡のなかの顔をじぶんでもきれいだと思う。

「武木のお姫様」という代名詞はひなにはまれな美しさだけからきたものではない。この武木の村で一番の地主であり、六、七百年も連綿とつづいた家がらだった。

大分限《だいぶげん》といっても、八分通りは山林なのは山国の大和《やまと》では当然だが、この戸数百戸に充《み》たない山村で一番といってもしれている。大西家は南は伯母谷《おばたに》、北は鷲家口《わしかぐち》のへんまで飛地や持山がある。

大庄屋の一人娘、気ぐらいが高く美人ときているので、誰《だれ》も手をださない。

お久も十四、五になってくると、それが不満だった。

山国の風習で、夜這《よば》いは珍しくない。夜這いかけられないような女なら、女房にする価値がない、といわれている。それは事実なのだが、お久の場合はしたがって特例ということになる。

——山の男なんか、阿呆《あほ》らしゅて……

と、口でもいい、心でも思うのだが、健やかな肉体はやはり淋《さび》しい。

恥ずかしいことだが、晩春のむし暑い、寝苦しい夜など、

——誰か忍んでこないかしら……

と思ったりした。

——誰でもいい、今夜なら、みんなあげてしまうのに……

胸をかきむしりたいほどの、淋しさを感じた。よそから持ちこまれる縁談は帯に短し襷《たすき》に長しで、一人娘というぬき差しならない境遇も禍《わざわ》いした。

そんなふうで、この時代としては、もう婚期も遅いほうの十七になっていて、お久はまだ処女《むすめ》だった。

それが昨日、下多古の喜助から恋文を渡された。肝煎《きもいり》をしている甚蔵の倅《せがれ》で、お久は好きでも嫌いでもなかった。

あまり上手とはいえない字で、明日の晩六ツ刻に小橋の袂《たもと》で逢《あ》いたい、という意味のことが、くどくどと書いてあった。

お久は破り捨てようとしたが、何か一所懸命な若者の様子が思いだされて、

——逢うだけならどうってことあらへん……

可哀想やしな、と思った。

恋文に引き寄せられる女の百人が百人、そんな気持なのだとはお久は知らない。じぶんは違う、じぶんは特別だと思っている。生れたときからちやほや甘やかされて、美女ぶりは確かに近辺に比類ないのだから、これはしかたがない。

お久がこっそり背戸から出ようとすると、運悪く父の瀬左衛門に見つかってしまった。

「いまごろ、どこへ行きなさるかの」

瀬左衛門は温厚篤実な性格で、近隣の人から慈父のように敬慕されている。

「物騒やさかい、夜は家にひっこんどらんとあきまへんがな」

「ええ、ちょいと……お清ん家《ち》へ」

「お清に用があんのなら金七に呼ばせたらええがな」

「そいでも、ちょっとやさかい」

お久はそういって、出た。

「早《は》よ帰んなはれや」それ以上はしつこく引き止めなかったがこう付け加えた。

「天誅組《てんちゆうぐみ》が白川《しらかわ》からこっちゃへのぼってくるそうやで、負け戦さで山犬のようになった連中やさかい、何するかわからへん、ええな、遅くなるようやったら金七迎えにだすよってな」

そういう瀬左衛門は小作人たちを指揮して土蔵の品物をどこかへ運ばせたり、そこらを片付けさせたり大童《おおわらわ》であった。

天誅組——？　お久は聞き流して足を速めた。

噂《うわさ》は、むろん聞いていた。

昨日も役人が来て宿飯等関《かかわ》りあいなさざること、というお達しを置いていった。

天誅組！

その名はついこのごろ——九月に入ってから聞えてきたもので、それまでは「狼藉《ろうぜき》の徒党」であり、「賊徒」であった。

もっとも、天誅組のほうでは、「御義軍」と称していた。

文久《ぶんきゆう》三年（一八六三）八月十三日、攘夷《じようい》祈願のために天皇の大和行幸の勅《みことのり》が発せられた。これは米英仏らの外国と条約締結した幕府を窮地におとしいれ、ひいては討幕にもってゆこうとする尊攘派の有志らによる運動が功を奏したのであった。

予定では、鳳輦《ほうれん》を大和もしくは大坂に駐《と》めて、まず御親征の勅を発する。幕府では勅令に従って外船を撃つなどできるわけがない。

ちゃんと通商条約を結び、公使館の世話をしているくらいだし、文明の進んだ外国と戦っても負けることはわかっている。

撃てない、ということを尊攘派は百も承知。いや、それがつけ目だった。当然、違勅ということになる。と、問罪の師を起して、天下に幕府の非を鳴らし、西国雄藩を主軸にして一気に江戸へ攻めこもう。

これはほとんど長州藩や土州の浪士らの運動に成ったもので三条実美《さんじようさねとみ》らが天皇を説きつけた。

裏の工作はともかく、大和行幸の勅は発せられたのだ。

中山《なかやま》大納言忠能《ただやす》七男で、従《じゆ》四位下侍従忠光《ただみつ》は若輩ながら血気の公卿《くぎよう》で、幕府の手先となって和宮《かずのみや》御降嫁を成功させた九条関白《くじようかんぱく》など四奸両嬪をその手で斬《き》ろうとしたほどの男。

土佐《とさ》の吉村寅太郎《よしむらとらたろう》や、藤本鉄石《ふじもとてつせき》が、この忠光をかつぎあげて土佐、久留米《くるめ》の浪人たちが中心になって、

「行幸の先手となって大和へ発向し、義兵をあげ、鳳輦をお迎えしよう」

これが、義軍の初志であった。

イザとなるとどう出るかわからない薩長土《さつちようど》の大藩への誘い水となろうとしたことは明らかだ。

忠光は公卿らしからぬ血気の行動がたたって（中川宮朝彦《なかがわのみやあさひこ》親王の暗殺未遂）官位を剝奪《はくだつ》されて、父大納言に軟禁されていたが、うまうまと脱《ぬ》けだして、旗をあげた。

まず大和五条の代官所を襲って代官鈴木源内《すずきげんない》を血祭りにあげ蔵をひらいて軍用金を得た。近隣からも献金献米があり、義軍の意気はまさに天を衝《つ》くの概《おもむき》があった。

ところが、思いもかけぬ蹉跌《さてつ》が生じた。

すなわち、朝議一変大和行幸とりやめである。

一旦《いったん》いいだして、また止《や》めるなどというのはだらしがないが、いつの世でも天皇とか将軍とかは傀儡《かいらい》だ。君側《くんそく》の操縦でどうにでもなる。

強圧な手段を弄《ろう》したほうが勝ちなのだ。

会津《あいづ》守護職松平容保《まつだいらかたもり》による巻き返しが成功したわけである。中川宮（久邇宮）、近衛《このえ》関白《かんぱく》、二条《にじょう》右大臣、徳大寺《とくだいじ》内大臣、近衛左大将などが孝明《こうめい》天皇に翻意させてしまった。

尊攘派の隙《すき》をついて、一夜で変更した。朝令暮改もいいところだ。

それだけではない。

大和行幸の立案者であり、尊攘公卿の領袖《りょうしゅう》である三条実美以下の議奏、国事係など二十余人は禁足を喰《くら》い、他人との面会禁止。

したがって三条らと共謀している長州藩もお咎《とが》めを蒙《こうむ》って堺町《さかいまち》御門の警衛をやめさせられて、所司代の兵がこれに代わる。

これまで、いわゆる勤皇の志士の中心地であった洛中洛外《らくちゅうらくがい》に守護職の弾圧――見廻《みまわり》組《ぐみ》とか新選組とかの手先による志士狩りが行われるようになったのはこれからである。

さて三条卿らは、クーデター後の迫害を恐れて長州へ走った。いわゆる七卿《しちきょう》落ちである。長州藩も国元へ引き上げる。浪人志士たちもまごまごしていると足もとに火がつくから、長州を頼る。

こう情勢が変ると、一番莫迦《ばか》を見たのは天誅組である。尊皇攘夷の実がいますぐあがると思ってお先棒を担いだのが、御神体はするりと抜けだしてしまった。

踊っている連中は、御神体の威光あればこそ存在価値があるので、本尊がなくなれば、ただの乱痴気騒ぎにすぎない。

それも、代官や下役を斬り、放火し、金品を強奪し、大名の陣屋、富商から献金させているのだから、大義名分を失えば、ただの暴徒だ。

火焔瓶《かえんびん》騒ぎに狂奔した先だっての全学連などと立場は似ている。

右でも左でも、先に立って騒ぐやつが莫迦を見る。それだけ純粋ともいえる。

老獪《ろうかい》な連中はうしろのほうで、世間の反応を窺《うかが》いながら、時至れば、さっと躍りだしてうまい汁を吸うのだ。東西の歴史がこれを証明している。

二

さて、天誅組の立場は苦しいものになった。

幕府ではただちに紀州、津《つ》、彦根《ひこね》など十三藩並びに紀州一向宗《いっこうしゅう》三十五寺僧兵に討伐を指令してくる。

実際に動員された兵数は約三万二千。これが烏合《うごう》の浪士と十津川《とつかわ》の郷士あわせて八百あまりを包囲したのである。

天誅組は最初から苦戦だった。

意気ばかり盛んでも、軍装備が貧弱だ。寄せ集めの旧式銃では新式のゲーベル銃の威力にかなわない。

忠光はしかし、元気だった。その活躍ぶりも、村総代作兵衛から奈良町奉行所へ届け出た文書によると、かなり派手で、華々しい。

――大将は中山侍従公の由にて、年齢二十歳ばかり、色白く、中背の御方、薄化粧に鉄漿《かね》をつけ、身には緋縅《ひおど》しの鎧《よろい》並びに鍬形《くわがた》打ちたる兜《かぶと》を着し、馬に打ち乗り……

と、さながら大時代の具足したる姿であった。

寄せ集めの浪人だから、装備もまた寄せ集めで鎧具足はまちまち、烏帽子《えぼし》をかむっている者、弓矢と鉄砲の両刀使い。農兵などは布子に腹巻だけつけて、奪った刀と拾った鞘《さや》で、がたがたのものをぶちこんでいる者すらいた。

敗軍の色が判然としてきたのは、五条襲撃から十日目、高取城《たかとりじよう》奪取に失敗し、大砲の猛火を浴びて総崩れとなってからである。

天ノ川辻《てんのかわつじ》に引き、長殿《ながとの》、風屋《かぜや》にと十津川ぞいに、本陣が後退していった。

南へ南へ南下してゆけば紀州へ入る。紀伊《きい》は御三家五十五万の大藩だ。逃げ道はない。

さながら、煮えたぎる釜《かま》のなかにとびこむようなものだ。

「それくらいなら、五条の固めを突破するほうがまだ可能性がある。各藩の連携の盲点を狙《ねら》えばよいのだ」

隻眼《せきがん》の豪傑安積五郎《あさかごろう》はこう叱咤《しった》して、ふたたびひきかえしたが、もう態勢は僥倖《ぎょうこう》を狙える時を過ぎていた。

戦えば破れ、辻堂、白銀山、大日川から追われてふたたび天ノ川辻へもどされてしまった。

十津川郷士や因州浪人の一党は、天誅組に見切りをつけて逃亡する。

敗軍の勢は、刻一刻と力が弱まってゆくのだ。追討軍の猛攻をうけて、上野地、風屋と追い詰められてくると、もう十津川郷士までが敵にまわる気配が見えた。

「十津川に留《とど》まって、燻《いぶ》り殺されるのを待つよりは、熊野《くまの》を下って新宮《しんぐう》をぬき、船を奪おう。海上へ出ればこっちのものじゃ。土佐でも長州でも水路に壁はない」

残軍は十津川流域を後にした。峻嶮《しゅんけん》重畳《ちょうじょう》たる山路を四千尺の笠捨山《かさすてやま》をへて北山郷《きたやま》の涌向へ漸《よう》くたどりついた——

敗戦は、猜疑《さいぎ》と不安と絶望を生み、大義を号し、規律をもって迎えられた天誅組も、いまは残忍な群狼《ぐんろう》と化している、という噂であった。

だが、紀州路へ抜けるとあれば、こちらのほうは関係がない。

お久には、村人たちが天誅組対策に腐心し、一喜一憂しているのが阿呆らしく見えた。

ところが、小橋のところにいってみると、喜助は待っていたが、そわそわと落着かなかった。

「ああよかった、もうちょっと遅かったら、帰ってしまほ思うとったんやで」

「へえ、そんなら帰りはったらええ」

むっとして、お久が背をむけるのを、

「そ、そない意味やないて、昨日はあないな文書いたけんどもよ」

「逢《お》うてほしゅないの、阿呆くさ。せっかく来てやったのに。おまえ、嬉《うれ》しゅないのんか？」

「う、嬉しいとも、こたえられんがな。せやけど、あいびきなんてしとられへんで」

「なんでやねん？」

「天誅が来よるんや」

ほほほほ、とお久は白い掌《て》をひるがえして笑った。

「阿呆かいな、天誅は熊野へおりたんやないか」

「うんにゃ。熊野はあかんちゅうて、こっちゃへのぼってきよったそうな。昨日は白川の天源寺に火イ付けて、山火事になろうとしたちゅうこっちゃ」

「そんでも……」と、お久は喜助の落着きのなさを見ると、好きでも嫌いでもなかったが、急に、嫌悪を感じた。

「こっちゃに来ても国樔《くず》から上市《かみいち》か宇陀《うだ》へぬけるだけやないか。なにも喜助はんの首とろいうのやおへんし、心配することあらへん」

「そらそうやけんど……」

「なんや偉そに。お代官にでもなった気イなって、天誅は将軍様や異人を斬るいうとるんえ。武木の山芋や蕪菁《かぶら》なんぞ斬ったらお刀のけがれやと」

「山芋や蕪菁はちイッと酷やで」

怒らせても手ごたえがない。

喜助がみすぼらしく見え、こんな男の恋文で、のこのこ出てきたじぶんに、腹がたった。

お久が身をすり寄せたとき、ふいに喜助は、あかナ！　とさけんだ。

「喜助、おまえ……」

「来よったでエ」

お久をおいてきぼりにして、ぱっと逃げだしたのである。

三

虫の声がやんでいた。草摺《くさずり》など物の具の触れあう音がざくざくと聞えてくる。空は澄んで星屑《ほしくず》はいっぱいにきらめいていたが、月の遅い夜だし、闇《やみ》は二間はなれると顔かたちもおぼろであった。

その闇が黒い影をにじみだして、三々五々《さんさんごご》とこちらへやってくる。

――天誅組やわ……

槍《やり》や杖《つえ》を突いている。山路を跋渉《ばっしょう》してきて疲れているのであろう。鉄砲を引きずっている者もいた。

喜助の影はもう見えない。脱兎《だっと》の如《ごと》く――闇に溶けこんでいる。

お久は恐れ気もなく、天誅組を見まもっていた。

時々、はげましあいながらやってきた天誅組の人々は、橋のたもとに女が一人で立っていたので驚いたように足をとめて、のぞきこんだ。

「ほう」と、呆《あき》れたような声をだす者がいた。

「おんなじゃ……」

どこにいっても恐れられ嫌われた敗残の目には、この美少女の姿は、幻のようにうつった。

「夢を見ているのではあるまいな……」

「うむ、美形だ。夢ではないぞ」

「おりゃ観音様がお救いにあらわれたかと思った」

がやがやと取り巻いた。乱暴する様子はないが、疲れてぎらぎらする眼で舐《な》めるように、近々と見られると、さすがに、お久は蒼《あお》くなった。

そのとき、みんなをかきわけて、

「何をいたしておる」

と、顔をだした若侍がある。

汚れてはいるが狩衣《かりぎぬ》に緋縅の鎧腹巻姿で、黄金作りの太刀を佩《は》いている。

兜はなく、黒髪をうしろで束ねて茶筅《ちゃせん》に切りさげた凛々《りり》しい顔——星かげだけの仄明《ほのあか》りに、ほおやつれはしても匂《にお》うような気品が感じられて、

——お公卿《くげ》はんやわ、天誅の大将はんやわ！

お久は胸が鳴るのをおぼえた。

忠光も、意外な美少女の出現におどろいたように、見つめていたが、

「きつねではないか」

微笑を含んだ唇がいう。

お久は、その微笑で、ふっと気が軽くなった。

「そちらはん狸《たぬき》やおへんの？」

と揶揄《やゆ》をかえした。武士たちは、これも意表をつかれたらしい。蔑《さげす》みと恐れの視線しか出合わないこのごろである。

お久の奔放なほどの無邪気さが、群狼の荒《すさ》んだ心を和ましてみんな、げらげらと笑い

だした。

「ほんに、とんと狸ばっかじゃけのぅ」

「山狸、古狸、傷つき狸じゃ。腹つづみ打とうにも、すき腹じゃ、太鼓もよう鳴らさんわい」

「まあ、お可哀想に、食べるものなら、腐るほどありまんね、家はすぐそこや」

「おんな」と、忠光がいった。「迷惑ではないか。聞けば、われらに衣食を給したり宿をしたり致せば罪科に問われると布告がまわったそうだが……」

「へえ、あて知りまへんね」

「ははは、そなたは知らぬとても、知らぬでは済まされぬ」

「天誅組たらいうこと知らへんでお宿したとしたらかめしまへんのやろ」

「詭弁《きべん》は通るまい。麿《まろ》が忠光じゃ」

「聞えまへんえ」と、お久は大仰に耳をおさえて、「腹べらしの狸はんがた、家へお出《い》でなさんせ、こっちゃどす」

機転を利かすこの美しいおとめに、忠光たちは、じーんと胸が熱くなるのをおぼえた。

「そなた……ほんとうに、好意に甘えてよいのか」

「かめしまへん、かめしまへん」

いいしれぬ感激がおとめの胸に泡立って、お久はさけぶようにいい、どんどん先へ立って歩きだしていた。

瀬左衛門をはじめ家人たちは吃驚仰天《びっくりぎょうてん》した。女中など、裏山へ逃げだそうとしたほどだが、お久が案内してきたことだし、思いのほかおだやかな天誅組の面々に悪い感情は抱けなかった。

「おもてなしというほどのことはできませぬが、兵糧《ひょうろう》くらいは才覚つきまする」

瀬左衛門は忠光たちを招き入れ、すぐ風呂《ふろ》の支度を命じた。

銃声と刀槍《とうそう》におびやかされながらの逃避行に、はじめて人の情を受けたのである。五十人あまりに減っていた天誅組の人々は涙を流してふるまいにあずかった。

垢《あか》をかき、菜飯にごぼう汁を苦しくなるほど詰めこみ、地酒にのどを鳴らせた。

酔いがまわってくると、忠光が片膝《かたひざ》をおこして、

「伯母谷で詠んだものだが……」

朗々と、自作の歌を詠じた。

もののふの　赤き心をあらはして
　もみぢと散れやますらをの友
やんやの喝采《かっさい》である。奔放無頼、殿上人《てんじょうびと》の恥辱とそしられた忠光ではあるが、文学の心得はなかなかのものがあった。

大坂から船路で出発したとき、隻眼の松本奎堂《まつもとけいどう》がふなばたに立って、

追風に月のいざよふ間も待たで

と、上の句を詠み下を考えあぐねていると、

早《は》や乗りぬけよ木津の川口

すらすらと忠光がつづけたという。

猛虎《もうこ》だとか山犬だとかいわれている忠光のこの奥ゆかしさはお久の心にも微妙な感情の琴線を鳴らさずにはいなかった。

おりから、下弦の月が山の端《は》にのぼってきて、さっと広縁の座敷に青い光を流した。

「できましたぞ」

土佐の吉村寅太郎が、縁側からいった。

かれは過日の戦闘で腹部に鉛玉を喰ったまま、もっこに乗って一隊の後からたどりついたのである。

曇りなき　月を見るにも思ふかな

あすは屍《かばね》のうへに照るとや

明日は屍――悲壮な感慨が、五十余人の残党の胸にみなぎった。私語をやめ、しんとしたなか、突然、号泣がおこった。

お久だった。

多感なおとめの胸は引き裂かれるような、はげしい哀感に、たえきれなかったのだ。

袂でおもてを蔽《おお》い、お久は走り去った。

妙に白けた座の凝りをほぐすように瀬左衛門が膝《ひざ》を動かして、

「見苦しいところをお見せいたしまして、御感興をさまたげたことでございましょう。なにしろ、あの通りの気性でございまして」

「いや……よいお娘御だ」

忠光はいった。

その瞳《ひとみ》が熱をもって、異様に輝いているのに、瀬左衛門は、はっとなった。

明日は暁立《あけだ》ち。間もなくおひらきとなって寝に就く。忠光公には代官などが来たとき泊る客間を提供したのだが、瀬左衛門がその部屋から出てきたとき、十も老いこんだように悄然《しょうぜん》たるふぜいだった。

「——お久」

瀬左衛門は娘の部屋に入っていった。

涙を拭《ぬぐ》い、お化粧をなおしていたが、お久の顔は、まだ涙を含み、その美しいおもては、わが娘ながら、海棠《かいどう》の花の愁いに見えたことである。

お久は、むりに笑顔になった。

「天誅はん、お寝《やす》みにならはって?」

「うん。実はな……実はな、お久……」

瀬左衛門は口ごもった。

娘の顔が見られなかった。腕組みし、行燈《あんどん》の油じみに目をむけて、深い息をつき、

「実は、な……」と、またいった。

「どうしやはって？　おかしな阿父《おと》はん」

はきはきした娘なのだ。

母親が早くに亡くなったので、こんな気性になったのだろう。女房《あいつ》がいてくれたら、こない辛《つら》い役目はせえへんでもいいのにな、と瀬左衛門はためいきをつき、漸く、ぽつりといった。

「侍従さまが、おまえに用がある、いうてはる……」

視線をそらせながら、サッと、お久の顔が赧《あか》らむのがわかった。

山国の十七の娘である。くどくいう必要はなかった。

——宵のようすでは、どうやらあいびきに行ったようであるし……

少し晩熟《おくて》なのではないかと思われるところのあるお久であったが、このごろでは親の目にも色っぽく見え、艶《なま》めいた風情にはっとさせられることもある。

——官位剝奪なされたとはいえ従四位下侍従さまじゃ、京の姫を見飽きたはずのお目にとまったのは、喜んでええじゃろなあ……

喜ぶべきか哀《かな》しむべきか。こんな場合の父親の心理は複雑だった。

大納言の七男に生れたのは事実だが、もはや賊徒の首魁《しゅかい》と指名されている。捕われれば命はないだろう。

——それに、お久がことわったりすると……

どんなことになるか。

やはりそこまで利己的な考えが出るのも、川上《かわかみ》郷の大庄屋として、郷民の福祉を思うからだ。

そうした父親の心のうちを見すかしたように、お久は、はしゃいだ声になった。

「嬉しいわ、あても侍従はんに用があるの、二人きりでおなぐさめしてあげたい、思うてましたん」

お久はすっと立った。が、そのおもてが緊張と不安で蒼く冴《さ》えているのを、父は見た。

唇《くち》もとには笑みがただよっていたが、双眸《そうぼう》は真摯《しんし》な、たじろがぬ光で、お久は入ってきた。

「おお、まいったか」

すでに褥《しとね》がのべられ、公達《きんだち》にはふさわしからぬ黒骨行燈の光のもとで、忠光は何やら書いていたが、筆をおいてふりかえった。

「近《ちこ》う！」

「──はい」

まるい、柔らかい肉置《ししおき》の膝がにじりよる。

「お久、と申したな」

「はい……」

「今宵《こよい》は造作をかけた、礼を申すぞ」

勿体《もったい》ない……と、応《こた》えようとして、お久の胸はしかし、妙に焦立《いらだ》つものがあった。

「これをそのほうのためにしたためた。忠光の寸志だ」

書付けをとって、

「明日は屍となるやもしれぬが、万が一、豺狼《さいろう》の手を逃れ得て長府《ちょうふ》に至りなば、再起の望みもかなえられよう。天下の趨勢《すうせい》は幕府の手でもってしても堰《せ》き止《と》められるものではない。徳川《とくがわ》幕府が倒れ、天朝の御世《みよ》となるのは遠いことではない」

お久は、黙ってきいていた。

忠光のいうことはよくわかる。が、そんなことはどうでもいいのだ。

──そないこと、どうでもよろしいがな、本題に入ってくれへんのやろ……

恥ずかしいからだわ、と思った。

こういう暴れん坊の若さまには、風流韻事は色紙の上だけのことで、情事には案外うといのではないか。

何かを、強い力を、期待していたお久は、そう思っただけで肌が燃えた。急に、じぶんだけが淫蕩《いんとう》な女のような気がした。正真正銘の処女《むすめ》なのに。

「――そなたに世話になったことを記しておいた。麿が討死いたしたと聞いたらば焼き捨てるがよい、逃れ得たなら……たとえ回天の覇業、中途で仆《たお》れることがあっても、長州の桂《かつら》という男に申しておく。充分の礼をいたさせるぞ」

お墨付を、しかし、お久は一瞥《いちべつ》もしなかった。

――そんなことでしたの、用というのは？

叫びだしたい思いを、必死で耐えた。唇の端に、かすかに痙攣《けいれん》がわたった。じぶんでも扱いかねるような肌のほてり――口のなかがからからに渇いていた。眸《ひとみ》はじっとりとうるんで、天上眉毛《まゆげ》の貴公子を見つめている。

お墨付に添えて、金紋高蒔絵《きんもんたかまきえ》の黒塗り印籠《いんろう》をさずけられたがお久は、その場を立とうとはしなかった。

「――何ほどのこともでけしまへんのに、そないお心わずらわせられて、かえって心苦しゅうおますねん。侍従さま……」

何が、このおとめを駈《か》りたてたのだろう。

お久はじりじりとにじりよって、忠光の膝に手を置いてしまった。

「お心尽くし、嬉しおす。せやけど……御用はこれぎりどすの？」

忠光は青い眉をひそめて、不審げに、お久を見た。

「これぎりどすの？」

「む、明朝は早い。礼も申さず出立しては、と思うたゆえ」

「礼なんて、要らしまへん、礼なんて……あて、侍従さまの御用は、御用は」

声が詰まり、美しい眸をうるませて盛りあがったものが、ほろほろと水滴を双頰《そうきよう》にころばせた。

「侍従さま！　あなたさまをお慰めでけるのは、あてだけどす。おこがましゅ聞えても仕様おまへん、あては、武木のお久は、まだ誰にも肌を許していまへん、昔から、ずっと小《ちっ》ちゃいときから、今夜のことがきまっていたような気イさえします。今夜の為《ため》に大事にとっていたよな……」

お久は、泣きじゃくりながら、一気にいった。

美しい娘の手のあたたかみが、暴れ公達の胸に情感を沸かせた。

いな、お久を見たときから、それはあった。

ただ、使命の重さと、そして、育ちのよさが、それを醜いものとして、圧《おさ》えつけていただけである。

矢弾をふせぐすべはあれ、ここまで女に身を投げられては、枯骨の聖《ひじり》でも、胸が波立つだろう。況《いわん》や、血気の若者である。

「お久！」思わず、忠光は女を抱きしめた。「そなたの心映《こころば》え、麿はうれしゅう思うぞ。いまや一介の地下人《じげにん》たるこの身を、さほどに思うてくれるのか！」

はげしく頬《ほお》ずりし、唇をかさねて、むさぼり吸う――

と、ふいに忠光はお久を突きはなして、

「痴《し》れ者！」

大喝した。さっと手がおどった。

手裡《しゅり》から一閃――キラリと光るものが、流星のように、障子にとんだ。

ぷすっと、障子にすいこまれた手裡剣には、手ごたえあって、

「うわっ」叫びがほとばしって、どさっと、重く人の倒れる音がした。

太刀をつかんで障子をあける――そのときにはもう、怪しの影は背戸の柴垣《しばがき》をとび越えて、闇にまぎれてしまった。

左腕をおさえて走る影が、ちらと見えただけであった。

追っ取り刀で二、三人が飛び起きてきた。

「何事でございます、ひめいが聞えたようでしたが」

「いや……妙なやつがのぞきこんでいただけだ。村方の者らしかったが」

忠光は苦々しく笑った。

この騒ぎは、お久の肌を無垢《むく》のままにおくことになった。翌朝――暁闇《ぎょうあん》をついて忠

光ら五十余人の天誅組残党は鷲家口へぬける間道をのぼっていった。

四

「――尾鷲《おわせ》、木本《きのもと》へ出られなければ、吉野川《よしのがわ》沿いに河内路《かわちじ》へ出ればどうであろう、五条辺に詰めかけていた討手の勢は、われわれの進路を熊野川熊野方面と考えているに相違ないから、全軍十津川近辺を捜しまわっているであろう、とすれば、吉野川に沿った道すじは手うすにちがいない」

橋本若狭《はしもとわかさ》のこの提案で、北上してきた一行であった。

吉野川沿いにゆくなら武木に入らずに、国樔から上市、下市《しもいち》、五条――とたどることになる。

が、この道は往来頻繁で人目をしのぶ身には都合が悪い。そこで武木を経由して、白屋岳越え――鷲ノ王峠を越えて、鷲家口へぬける、という間道のコースをとったわけである。

現在でもこの道はあるが、幅員三尺たらずの山がつらの踏みつけた道だ。峠は七、八百米《メートル》、霧のふかいときなど雲上をゆくような感さえある。

一行が、気鋭の士を先頭にし、商人、重傷者のもっこを後陣にして、鷲ノ王峠にさしかかったのは申刻半《ななつ》ごろ、という。初冬の午後五時。もうたそがれが濃く、谷底から霧がけむりのように巻いてのぼってくる。

峠に着くと、三本杉の根かたで、近在の百姓らしいのが二人焚火《たきび》をして、破籠《わりご》の弁当をつかっている。

天誅組の一行を見ると、

「おお、これはお道すじを邪魔して、済んまへん」

敬虔《けいけん》に平伏して、

「わしらは鷲家口のもんだす、侍従さま御一統の御通行と承りましたによって、村方一同になりかわり、お迎えに参上しましたので」

五十くらいのがっしりした男と、二十歳そこそこの若者だ。親子ではないらしい。

「それは重畳《ちょうじょう》じゃ。して、鷲家口の敵勢は何人くらいかな」

半田門吉《はんだかどきち》が聞くと、

「一人もいまへん」

と、若いほうがいう。

「一人も？」

「へえ、昨日まで居《お》りましてん、彦根のお武家衆百人ばかりと津の赤備え二百人ばかり、でも、もういやしまへんで、なんでも十津川のほうへいったとかで」

しめた！　と、誰の顔にも喜びのいろが走った。

「もう安心だんね、せやけど、道がわかりにくうおすよって、わてが御案内しまっさ」

若いほうが先へ立つ。

道は悪い。この小径《こみち》を間違えもせずにゆくのだから、近在の者にはちがいない。

鷲ノ王峠から鷲家口までおよそ一里。

そのあいだに、

「合言葉を定めよう、同志討をさけるために」

と、安積五郎がいった。

「天と誅はどうだ」

と、言いだす者があった。それがいい、天と誅。天誅組にふさわしい合言葉だと、みんなうなずいた。


ところが、この案内は、そのまま地獄へ案内する青鬼だったのである。

松明《たいまつ》をともさなかったのは故意だ。松明の火は遠くからでも見える。

山を越え、窪地《くぼち》をぬけ、川を渡った。鷲家口の村はすぐだ。

村は無気味なほどひっそりとしていた。

「そこが村でんね、ああ辛度《しんど》いこっちゃ」

若い男は、一安心というふうに、提灯《ちょうちん》に火をうつした。

そして、ものの一町もゆかないうちに、百姓は提灯を投げだして、ぱっと走りだした。

「待て！　どこへゆく」

その刹那《せつな》、忠光には判然とした。

うしろ姿は、昨夜とり逃した男にちがいなかった。たけ一杯に抜き打ちの一刀が、したたかに、腰のつがいを割っていた。

絶叫とともに突んのめる。

その声が聞えたのか、提灯の燃えるのが合図だったのか、突然、闇が割れ、ずらりと鉄砲の筒口がそこら中に見え、一斉に火蓋《ひぶた》をきった。

「伏勢だっ」

その声をぶちのめすような大音響である。

だだだッ、数十挺《ちよう》の銃口が火を噴き、壁土がこぼれ、瓦《かわら》の落ちて割れたのが道路いっぱいにひろがった。

「退《ひ》け、退け！」

忠光は抜刀をうち振って、山道へ逃げようとすると、松明をかざした数十数百の人影がえいえい押しに左右の山かげから、流れだしてくる。

「ぬッ、計られたぞ」忠光は歯をぎりぎりと噛《か》んで、「悔んでも詮《せん》ないが、もはやこれまで。死土産には道連れ百人ばかり連れていってくれよう」

斬って出ようとするのを、左右から必死におさえる。

その間も鉄砲玉はとんでくる。新式のゲーベル銃は後装式で便利だし、威力もあるが、何よりも人数で囲まれては、どう防ぐすべもない。

ここで多くの有為の同志を失った。敵勢は銃剣《バヨネット》がないのか、接近戦になると刀槍を閃《ひらめ》かして斬りこんでくる。

彦根藩の志士三人が槍の穂先をそろえて突っこんでくるのを、半田と鶴田が、槍をふるって叩《たた》きおとす。

残りの一人が、そのあいだに、忠光に突っかかってくるのを、

「下郎推参なり」

槍の千段巻をムズと摑《つか》んで、片手斬りに叩っ斬る。

「それっ、麿につづけ」

太刀をななめに突きだして、さっさと走ってゆく。彦根の第二陣のうしろを駈けぬけると、前方から馬車提灯がゆれてきた。馬を急がせてくる。忠光は近よりざま、ものもいわずに、掬《すく》い斬《ぎ》りした提灯を拾って、打ちふり打ちふり先頭をきっている。

待ちかまえた紀州藩兵のなかへ、猛猪《もうちょ》さながらに斬りこんでいった。

半田門吉が忠光のこの日のありさまを見ていたが、「大和戦争日記」には、こう書いている。

――奪《うば》い給《たま》いし灯《あか》りを持ち、ただ一人、五六十人群りたる敵のなかへ、ツト割り入り給う。太刀を振り、二人を前後に斬り倒して、なおも七八人に手を負わせ荒れまわられけるに、敵兵狼狽《ろうばい》し、右往左往ついに逃去す……と。

腰のつがいを斬りはなされた喜助の死体が運ばれて来て、村人たちは、みんな不審がった。

「なんで鷲家口にまごまごしとったんやろ」

喜助の左の腕の手裡剣の傷が、一ト晩前に血を噴いたものとは、外科医でない村人にはわからなかった。

懐中に小判が五枚くるまれてあるのが、いよいよその不審の裏付けになって、知ったかぶりに推論した。

「天誅組を罠《わな》にかける手引したんやろ、恩賞金やろ。腰を斬られたらナンボ貰《もろ》たかて、しょむない、いっそ死んでよかった。生きとっても夜這いかけられんやろで」

へらへらと村人たちは笑いあった。

きびしい残敵掃討のおふれがまわってくるし、彦根や津の討伐隊が、逆に鷲ノ王峠を越えて村に捜しにきた。

天誅組に宿をしたことなど、誰も口にしない。ここを通ったが、別段の乱暴はなかった、と、みんな口を揃《そろ》えていった。

大庄屋瀬左衛門の徳望のゆえだろう。

主将中山忠光が血路をひらいて逃れたことを知ると、お久は声をあげて泣いた。

嬉し涙だった。

――おえらいわ、やっぱり大将やわ！　どうぞ御無事で落ちのべさせられますように……

これまで心から神仏をおがんだこともないのに、お久は信心ぶかい人のように、手をあわせた。

その年も暮れ、翌春になっても、忠光の捕縛は聞えてこなかった。

村方の者が五条や、時には大坂へ行く用事があると、忠光の安否をたずねさせたが、行方がわからぬまま、捕吏の手はまぬかれているらしい。

幕府では、忠光の首に莫大《ばくだい》な恩賞をかけたが、効果はあがらぬようであった。

「くよくよ、心配したかてどむならんがな、ひょっと捕まりなはったら、こっちゃの耳をふさいでも、いやでも聞えるような大声で触れてくるこったらでな」

威信恢復《かいふく》にやっきとなっている幕府だ。見せしめに大仰なサラシ者にするに違いなかった。

忠光はたしかに生きのび、長州へ逃れていた。

大坂の長州邸に同志六人と匿《かくま》われた後、ひそかに藩船で三田尻《みたじり》へ落ちた。三田尻にはさきにおちた三条、東久世《ひがしくぜ》らの七卿が滞留している。

同じ尊攘派の公卿同士ではあったが、忠光はこの人々ともそりがあわない。三条卿らにしてみれば忠光の若さが小生意気に見えたろうし、忠光のほうでは、大人たちの姑息《こそく》なやりかたに忿懣《ふんまん》をおぼえるのだ。

この激越な性格が、忠光の命とりともなったのである。もしも三条卿らと行動をともにしていたら明治維新のはなやかな脚光を一身に浴びることができたろう。その公卿には珍しい武辺ぶりも、激動の時代には必要だったのだから。

忠光の不運は、暴虎馮河《ぼうこひょうが》の勇にあった。無鉄砲なのだ。若さの体力と純粋さが、ワクからはみ出すぎる。

三田尻から長府に移った。そして、又上畑へ移り、大河内《おおこうち》、延行、と転々とした。さすがの長州の尊攘党も、しだいに忠光をもてあますようになっていた。藩内には俗論党が台頭の機を狙っていることだし、激発一方の主張ばかりされては、藩論一致のまとまりを欠く。妥協を知らなすぎるのだ。

元治《げんじ》元年七月、幕府に詰問のことありと称して去年のクーデターを反覆すべく、真木《まき》和泉《いずみ》らが軍勢を率いて上洛したなかにも、忠光の名はなかった。これは強訴ということで、蛤御門《はまぐりごもん》の変——いわゆる元治禁門《きんもん》の変をひきおこし、ついで長州征伐となるわけだが、この戦さで、天誅組の残党、すなわち忠光とともに長州藩邸に匿われた人々はめざましい働きをして討死をとげた。男らしい死場所を得たといえる。さきに捕われた連中も又、この騒ぎにまぎれて六角《ろっかく》の牢《ろう》で格子の外から長槍で突き殺されてしまった。

もう天誅組の噂をする者もなくなっていたが、紅葉が美しく吉野川に映える季節がくると、人々の胸に去年の思い出がよみがえってきた。

十月の半ばになって大坂の長州屋敷に出入りの者から、忠光卿の消息を聞くと、もうお久はがまんできずに、長州へ旅立った。

「あんなに長州長州いうてはったのに、いまではもう厄介者扱いやそうどす。侍従はんがおいたわしい、あて行きます。行ってお慰めしてあげよう思うの」

瀬左衛門にはもう、それを制止する気持もなかった。ひたすらな娘の心がいじらしかった。

洩《も》れ聞いた消息では宇賀の大仙寺という寺にいるということであったが、お久が長い旅路のすえに漸く訪れたときは、川棚《かわたな》のなんとかちゅうとこへ移らっしゃったけん、と冷たい返事で忠光の冷遇されている立場がわかった。川棚の三恵寺にも忠光の姿はなかった。さらに田耕《たすき》の回恩寺に移られたという。

そこを訪ねあてたときは霜月も終り近くなって、深山には凄《すさ》まじい声で山嵐《やまあらし》が吹きすさんでいた。

「ほう、大和から訪ねてござらっしゃったか。それはいかい残念なことに、実は月なかに……頓死《とんし》なされてのう」

死んだ！　お久は目の前が真っ暗になった。よろよろとよろめいて、縁側へ崩れた。急死だということであった。前日まで壮健で御酒も召しあがっていられたが、翌朝見ると死んでいたという。お久の目は虚《うつ》ろになって、涙も涸《か》れたように見えた。馬関《ばかん》の北一里あまりに綾羅木浜《あやらぎはま》というところがある。蕭殺《しょうさつ》たる松林のなかに新しい土饅頭《どまんじゅう》ができていた。枯れ松葉が半月の経過を物語って散り敷いていた。

「――侍従さま、あて、来ましたえ……」

お久は途中で折りとってきた白椿《しろつばき》の花をささげて生ける人にいうが如《ごと》く、語りかけるのだった。

「なぜ死なはったの、なぜ、もう半月、待ってくれはらしまへんの、お久がこないに思うてる気持わかって貰いとうおしたのに」

千鳥の声が、お久の涙声をかき消すように、渚《なぎさ》でさわいでいた――

附記《ふき》。忠光の死は変死ということになっているが、実は藩の俗論党の刺客により暗殺されたのがほんとうらしい。夜陰に殺した死体を長持におさめ、峠越えして宇賀に下りそれから海岸沿いに南下して、長府に運ぶ予定だったのが、安岡村《やすおかむら》まで来たとき、高杉《たかすぎ》晋作《しんさく》の挙兵で、勤皇党の巻き返しが行われることを聞き、あわてて松林に埋めて逃げ去ったという。

近藤勇の首

一

バサッと、濡《ぬ》れ手拭《てぬぐい》をはたくような音がした。

首は、胴から離れた——と見えた。

西瓜《すいか》を二ツ割りにしたような、斬《き》り口《くち》が、花曇りの朝靄《あさもや》のなかに、鮮明でむごたらしかった。

斬首人《ざんしゆにん》の横倉喜三次《よこくらきそうじ》がその姿勢のまま、にっと、皓《しろ》い歯を見せて、検死の土州藩の者をふりかえったのは、思った通りの切れ味だったからである。

首は、皮一重を残し、重みで胴体が前に傾いていた。

遠巻きの見物人のどよめきのうちに、ふたたび、血刀が、走った。大あぐらをかき両手をうしろに縛されたままの胴体は、前に掘られた穴のなかへ、どすっと落ちる。

しかし喜三次の手は、すばやく髷《まげ》をつかんで首をぶらさげていた。

慶応《けいおう》四年四月二十五日の朝日が靄を破ってさして来た——

その血のしたたる首級は、獄門台の上に梟《きよう》され、そばに立札がたてられた。それには、こう罪状が記されてあった。

近藤勇《こんどういさみ》。

右ノ者元来浮浪之《の》者ニテ、初メ在京新選組之頭ヲ勤メ、後ニ江戸ニ住居致シ、大久保大和ト変名シ、甲州並《ならびに》下総《しもうさ》流山《ながれやま》ニ於《おい》テ官軍ニ手向イ致シ、或《ある》ハ徳川《とくがわ》ノ内命ヲ承リ候《そうろう》ナドト偽リ唱エ、不二容易一企《よういならざるくわだて》ニ及《および》候段、上ハ朝廷、下ハ徳川之名ヲ偽リ候次第、其《その》罪数ウルニ暇《いとま》アラズ、仍《よつ》テ死刑ニ行イ梟首セシムル者也《なり》。

四月。

二

その前月の始め——

すなわち、弥生《やよい》三日の夜のことである。

甲州街道の日野《ひの》の宿《しゅく》では大騒ぎをしていた。

江戸から、数百人の軍兵が、威武堂々、街道をくだって来て、この宿場に一泊したからである。

「甲陽鎮撫隊《こうようちんぶたい》とは何じゃろ」

「お旗本じゃそうなが、みんな人相はよくねいで、なんじゃら、知れたもんかの」

「これ、気をつけて口をきけや、御大将は、なんでも、京で、鬼と言われたお方ちゅうでの」

よるとさわると、宿場の人も、近在のお百姓たちも、この噂《うわさ》で持ちきりだった。

「何かはしらんが、どうしたことじゃ、どこに行かっしゃるのじゃろ」

その疑問を解く資料は誰《だれ》も持ち合わさない。

軍機でもあったが、抜身の槍《やり》や薙刀《なぎなた》をぎらつかせ、鉄砲をかついだ武士たちは、人々をそばによせつけない、殺気と、焦燥で眼を血走らせていた。

日野の宿と府中《ふちゆう》の宿の間に日野川が横たわっていて、旅人は渡舟《わたし》を利用することになっている。

その渡し守の甚兵衛の家（というより小屋といったほうがいい）でも、騒ぎの波紋がひろがっていた。

「お澄はどこへ行ったのじゃ、あの尻軽女《しりがるおんな》め」

交替で、明日の朝までゆっくり出来るはずだった甚兵衛は持病の喘息《ぜんそく》で、咳《せき》こみながら、

「こんなときぐらい、お名主さまのお役に立たんと、義理がはたせんで」

尻軽女め、と、また彼は付け加えて、舌打ちする。

「間誤間誤《まごまご》していねいで、探してこう」

「心あたりは探したんだけどねえ……」

煎《せん》じ薬を煮ながら、おかね婆《ばあ》さんは、おろおろしている。

そこに、お澄が、けろりとした顔で戻って来た。

「ただいま……あら、お爺《とっ》つあん、また持病がおこったのね」

「やい、やい、この女《あま》、うぬのために。やい、いったい、いまごろ、どこをほっつき歩いてやがった……」

「八王子《はちおうじ》まで、ちょいと、いって来たのさ」

一里二十六丁の道程《みちのり》も、浮気のためなら、なんでもない、二十四のお澄は男なしでは居られない女だった。

一昨年、婚家を追い出されてから、お澄は、「出戻りが……」という世間の白い眼にも平気で、男を作って遊んでいた。

もともと府中の旅籠《はたご》須賀屋のあまり脳のよくない倅《せがれ》に、縹緻《きりよう》ごのみで貰《もら》われる前にも情人《いろ》が二人や三人でなかった。

操る、というのではない。明るく快活な気性で、惚《ほ》れっぽいお澄は、男に望まれると、惜しみなく、からだを許したし、また自分でも行きずりの男に惚れた。

丸顔で、ぽちゃっとしていて、少し痴呆的な容貌《ようぼう》のうえに十代の後半から男を知ったからだは、ほかの娘とくらべものにならない、魅力——恰《あたか》も、男を惹《ひ》きつける、一種の妖《あや》しい体臭があった。
二十二、三になっても、だから、十八、九にしか見えず、放縦《ほうしよう》な旅人の血を騒がせて、

「おかみさん、いい肌をしているね」

と、江戸前の小粋《こいき》な男に手を握られると、ふり放そうともせず、くすぐったそうに、けらけら笑った。

「あっしゃア、実をいえば、府中の須賀屋のおかみさんは江戸にもいねえ美人だと、友達に聞いて、七里の道も遠しとせず、来たのでさア」

そんな甘言にも、ころりと参るほど、お澄は純粋だった。

その江戸の小間物屋（にしては手が大きくごつかったが）の部屋に入りこんであられもない声をあげているのを、女中たちに聞かれたのが、離縁のきっかけとなった。

「男狂いもほどほどにせいや、女子《おなご》の道は、夫につかえることだけじゃ、道を踏みはずした女は犬畜生と同じだでの」

両親に、こもごも意見されてもお澄は、顔をあからめるだけで、袂《たもと》をもてあそびながら、

「無理よ、お爺つあん……悪いとは知っているのさ、知っているけども、つい好きなんだから、しかたがないじゃないか……」

膝《ひざ》をくずして、横ずわりに豊かな腰の線を見せて、怨《うら》みがましく、凝《じ》っと見つめられると、わが娘《こ》ながら、甚兵衛はぶるっと、胸がふるえた。

——色っぽいやつじゃ、わしもおかねも、人並なのに、どうして、すけべえな娘が出

来たのじゃろ――

甚兵衛が歎《なげ》きの果てに喘息になっても、お澄の放埓《ほうらつ》はとまるところを知らなかった。

三

「まア、叱言《こごと》は後じゃ、今夜は、お名主さまへ手伝いに行ってくれや」

疲れていたが、父の甚兵衛にそう懇願されると、お澄は断りきれなかった。

名主の佐藤彦五郎《さとうひこごろう》には、借金がある。甚兵衛は若いころ、先代につかえて作男をしていたが、先代に借金して、渡し舟の株を買い、独立した。それが、長い間に元利ともで、二十両近くなっている。

甲陽鎮撫隊の大将がたの宿舎になったからお澄を手伝いによこしてくれ――といわれると、昔気質《むかしかたぎ》の甚兵衛は、

「せめて、こんな時に御恩報じしなけりゃア」

と、やきもきして、お澄の帰りを待っていたのだった。

お澄が、名主屋敷に着いたのは、夜の八時すぎ、行燈《あんどん》は骨の折れたやつから煤《すす》ぼけた日頃《ひごろ》使わないやつまで持ち出されて、あかあかと灯がともり、おもてには篝火《かがりび》を焚《た》き、小具足の兵隊が、槍の穂先をぎらつかせていた。

広庭には、荒蓆《あらむしろ》を敷いて酒樽《さかだる》がいくつも据えてある。

かがみをぶち割って、柄杓《ひしやく》で、酒をあおっては、高歌放吟乱舞しているさまは、まるで、講釈で聞く戦国時代の陣場そのものだった。

「おお、お澄かえ」と、羽織袴《はおりはかま》の彦五郎が、酒の入ったうで蛸《だこ》のような顔をほころばせて、「待っていたんだ、早く支度をしてくれ、着物は、家内が揃《そろ》えておいたからな」

手で、早く早くと促して、大股《おおまた》に、五尺廊下を書院の方へ行った。この佐藤名主は、郷士で、代々この地方の名主をつとめている。苗字《みようじ》帯刀御免の家柄だった。

「八王子の芸者衆を呼んだのだけど、手が廻《まわ》らないのさ、これを着て、お客様のお相手をしておくれ」

お澄は、早熟だったから、三味線も一通りひけるし、小唄《こうた》を唄わせても、いい声を出す。

芸者とも仲居ともつかない恰好《かつこう》で、銚子《ちようし》を運んで行くと、

「お澄」

と、彦五郎が、空の銚子を振り、床の間を背にした、厳《いか》つい顔の男と話をつづけた。

「――では、私も、おなかまに加えて頂きましょうかな、先生が十万石の大名なら、こちらは、五千石ぐらいは頂けますか」

はははははは、と主客は豪快に哄笑《こうしよう》した。

お澄がかいま見て知っている八王子の千人同心組頭の増田某が、これも、かなり酩酊《めいてい》

した顔で、

「甲州は天嶮《てんけん》の要害だから、一日早く入りさえすれば、官軍なぞ何万おしよせようと、屁《へ》の河童《かっぱ》ですな、私に一つ秘策がある、それは」

「酒！」

と、急に、その隊長とも見える、丸に三つ引の紋つき羽織の男が、遮るように言って、立とうとしたお澄に、盃《さかずき》をつきつけた。

「は、はい」

「佐藤さん、いい女ですな、故郷忘じ難し、というが、このあたりにこんな美人がいるのを忘れたらしい。京まで行く必要はなかった」

厳めしい顔に不似合な磊落《らいらく》な言葉は、故意に、増田の失言を封じようとしたものであることが、お澄にもわかった。

「お口の上手なお方」と、お澄は、しなをつくって、「そのお口で京女を沢山だまして来なすったのでしょう」

「ははは、そうかもしれん」

増田が、〝秘策〟のことなど忘れて、何やら喚《わめ》きながら踊りだしたのを見ると、その客はお澄のほうをもう一瞥《いちべつ》もしなかった。

――なんだい、威張りくさって……胸くその悪い寒鮒《かんぶな》だこと……

全く、その男は、角ばった顔をしていた。

顴骨《かんこつ》が秀でているのは、骨相学から言って勇猛な性質をあらわしているのだが、顎骨《あごぼね》も張っているし、鼻は削《そ》ぎ立《た》ったように高い鷲鼻《わしばな》で、炯々《けいけい》たる光の両眼は、酒に濁ることもなく、うすい唇も一文字に引き締って弛《ゆる》みない。

お澄は、空の銚子をもって引《ひ》き退《さが》りながら、ふと、陣笠《じんがさ》たちの会話を耳にした。

「近藤さんは、酒顚童子《しゆてんどうじ》だ、幾ら飲んでも、顔に出ない、膝も崩されない」

「文字通り、鯨飲なのに、な。二升飲んで据物斬りに、南蛮鉄の兜《かぶと》を真ッ二つにしたそうだ」

その視線をたどって、

——あの方が……

と、お澄は、瞠目《どうもく》した。

——近藤勇。

その名は、折ふし耳にしていた。

京で守護職のもとに新選組を率い、討幕派の薩長《さつちよう》その他の浪人たちを片っ端から斬り倒して、泣く子も黙る、といわれたその武勇は、（特に）このあたりで喧伝《けんでん》されて、華ばなしい英雄とされていた。

このあたりが、江戸から十里以内で千人同心も居《お》り、感情的にも佐幕、というだけでなく、その近藤勇たちが、多く、武州多摩郡《たまごおり》の出身で、縁故が深かったからである。

近藤勇の事歴は、いまさら冗々《くだくだ》しく説明するにも当るまいが、天保《てんぽう》五年、上石原の生れで郷士の血を享《う》けていたせいか武士を夢見て、江戸柳町《やなぎちょう》の天然理心流、試衛館の内弟子に入った。

道場主近藤周助《しゅうすけ》も、南多摩の出身だった縁である。十六にして勝れた技倆《ぎりょう》と胆力を見込まれて養子になった。爾来《じらい》、勇と改名した。この名主の佐藤彦五郎も、試衛館に入門していて、勇とは同門のよしみで、今夜も宿を提供したのだった。

文久《ぶんきゅう》三年、幕府の浪人募集に応じたのが出世の端緒で、変転する情勢のなかで、巧みに頭角をあらわし、京で新選組を組織し長となった。以後の活躍は、よく人口に膾炙《かいしゃ》されているところだ。

剣をとっては、一流の士を選《え》りすぐった新選組も、舶載の火術には敵すべくもなく、伏見鳥羽《ふしみとば》の戦さで惨敗を喫して、東帰した——

ということまでは、お澄も聞いていた。

「おや、お澄ぼうじゃ、ねえか」

廊下を小走りに、台所へ入ってゆくと、水を飲みに来たらしい隊士の一人が、頓狂《とんきょう》な声をあげた。

「あら……勘さん」

四

蟻道《ありどおし》、という変った苗字で、寺小屋時代からの、いわば筒井筒の仲だった。

「勘吾《かんご》さん、やっぱり新選組にいたの？」

「ああ、伏見じゃ、ひどい目にあったぜ……いろいろ話があらア、あとで……」

土蔵の裏で待っているから、と、囁《ささや》いて勘吾は勝手から出ていった。

好きでもない、嫌いでもない勘吾だったが、寺小屋なかまは成人してから逢《あ》えば、やはり懐しい。

それに、白刃砲火の下をくぐって来た勘吾は、そう言われて見なければわからぬほど、逞《たくま》しく変貌《へんぼう》していた。

お澄は、義理で来たことも忘れて、楽しくなった。

いい加減に手をはずして、土蔵の裏に行こう——と、期待に胸をときめかしていると、

「ちょっと……」と、彦五郎に呼ばれた。

人前では話せないらしい真剣な顔つきが、お澄の胸を、ふと翳《かげ》らした。

「実は、頼みがあるのだが……」と、いう間も、いつもの彦五郎らしくもない、落着きのなさで、

「さっきの近藤さんな、どうじゃ、お澄、どう思う……」

「どうって?……」

「御身分も若年寄格。甲州へ行けば十万石の大名だ」

「……」

「どうだ、お澄、いやでなかったら、夜伽《よとぎ》してくれんか……むろん、礼金は出す」

「え!?」

どうせは浮気女、誰彼かまわずのお澄だから、この頼みも満更、無理ではなかろう、そう思っている彦五郎の目だった。

お澄のおもては、こわばっていた。笑いにまぎらすには、彦五郎が真剣すぎる。

「旦那《だんな》、うちのお爺つあんは、旦那の先代に大金をお借りしてましたっけねえ」

「――なんだえ、お澄、急に、そんなことを」

「急じゃありません、旦那」お澄は意地悪く、視線を離さずに、語をつづけた。「あたしが……あたしが、断れないと承知の上で、言いなさるのかねえ」

「いや、おい、誤解されちゃア困るよ。いやさ、近藤さんは昔のわしの兄弟子だ、久しぶりに故郷《くに》を通ったのだから、慰めてやりたいと思ってな……もし、お前が、いやでなかったらの話だ、いやならいやで……」

「いやですよ」

たまりかねたように、お澄は言った。

彦五郎が、はっと、息をのむ顔へ、

「と、あたしが、言ったことを覚えておいて下さいな」

「な、なにを、お前……」

「旦那、承知しましたよ、子刻《ねのこく》（午前零時）すぎたら、行きますから」

瞼《まぶた》が、熱く、涙がこぼれそうな顔を伏せるように、お澄は彦五郎の前をはなれた。

土蔵の裏手にくると、勘吾が待っていた。

「勘さん！」

お澄は、どっと、身をなげかけて、

「ど、どうしたンだ、え、え、おい」

わけがわからず、よろけて抱きとめる勘吾の胸に、あふれる涙をこすりつけながら、

「あたしに、あたしに淫売《いんばい》しろだって、あたしに！」

「え、何だ、何だって？」

「あたしに淫売しろだって、夜伽しろだって、あたしゃ、そんな女じゃない、あたしゃ、好きな人とならいいけれど、そんな、そんな……」

ぐいぐい、男のからだにしがみついたままおしまくって、勘吾が、何かに躓《つまず》いて倒れると、そのまま抱きあって倒れ、声を放って泣きじゃくるのだ。

「お、お澄さん、おめえ……」

勘吾の、戦塵《せんじん》にまみれていたからだは、次第に官能のうずきに燃えて来た。お澄は、まるで気がふれたように、泣きじゃくって――勘吾の首を白い腕で抱きしめている。

「これ、何をいたして居《お》る」

ふいに、野太い声がした。

「あっ……」

と、まず、勘吾が、驚いて、お澄を突き飛ばすように、はね起きた。

「隊長……」

近藤勇だった。

酔いをさましに、庭をそぞろ歩きに出た彼は、号泣を耳にして、土蔵のうしろへ来て見たのだ。

「……何をしている?」

お澄は、漸《ようや》く、その声で、半身をおこして彼を見た。

近藤勇と知るや、目に怒りをこめて、睨《にら》んだ。

その乱れた衣紋《えもん》、根のくずれた髪、涙にまみれたお澄の姿態から目をそらした勇は、

「軍規を忘れてはいまいな」

「は……?」

「みだりに婦女子を犯した者は、斬る」

ぎらりと愛刀三善長道《みよしながみち》が、彼の手にひらめいていた。

五

「あ、隊長、ち、違います」

勘吾は、あわてて、両手をふった。

「誤解です、違います」

「何が違う、卑劣な言い抜け無用」

ずいと、勇は、一歩前へ出た。

「違う、違う」

近藤勇の手練はイヤになるほど見聞している。刃向って勝つ見込みはなかったし、勘吾は咄嗟《とっさ》のことで、弁解する言葉が出なかった。

真《ま》ッ蒼《さお》になって、どもりながらじりじりと、後退《あとずさ》りした。

「甲陽鎮撫隊の名をけがすやつ」

一歩退《さが》れば、一歩詰めより、近藤勇は、いきどおりをこめて、吐き捨てるように言った。

「斬る！」

白刃が、サッとあがった。

と、その前に、ふいに身をおこしたお澄がたちふさがった。

「何をするの、勘さんを斬るの、斬るの、勘さんが何をしたっていうの」

鬼と言われた近藤勇の白刃の前に、びくともしないお澄だった。

「なんだい、十万石か若年寄か知らないけれど、そんなに、あたしが欲しいのかい」

「なに？……」

「あたしが欲しいから勘さんを斬るンだろ、勘さんは……あたしの情人《いいひと》さ、斬らせるもンか！」

近藤勇も、不審を感じて来た様子だった。

昂奮《こうふん》したお澄は、口早にまくしたてた。

「逃げやしませんよ、隊長さん、お名主さんにはお爺つあんが大層な御恩になりっ放し、隊長さんの夜伽するように言われて、どうせ、逃げ隠れするつもりはない。あたしゃ、死んだ気で子刻になったら、お寝間へ行くつもりだったのだから……」

「名主、佐藤が、わしの夜伽をせいと……」

白刃持つ手が、わななくのが見えた。

近藤勇は、恐ろしい形相になっていた。目尻《めじり》を吊《つ》り上《あ》げ、

「女！」

と、鷲《わし》の爪《つめ》のような手が、お澄の肩をつかんだ。

「嘘《うそ》ではあるまいな！」

「嘘を言ってどうするの」いざとなると、度胸がよい。——どうせ斬られるンだ——と思うと、お澄は大胆になった。言うだけ言ってやれ——そんな気持で、

「さア、お寝間へ参りましょう……いいえ、隊長さんだって男だもの、あたしを欲しくなったのは、ちっともおかしいことじゃない」

「莫迦《ばか》！」

ぴしっと、火の出るほど、お澄は頰《ほお》を張られて、何をするのさ、とよろめいた。うしろで顫《ふる》えていた勘吾は、

——斬られる！

と、思ったが、意外なことに、近藤勇は、白刃を袖《そで》で拭《ぬぐ》って、鞘《さや》におさめたのである。

「済まぬ……手荒をした」

酔っていたし、戦さの前で、気が昂《たか》ぶっていたのだ。彼の声は、京洛《けいらく》の鬼と謂《い》われた男とも見えぬ、弱々しいものに変っていた。

「済まぬ——」と、また言った。「佐藤に問《と》い訊《ただ》して見るが……多分、彼も悪気があってのことではあるまい。わしを慰めようとしてのことだろう」

「…………」

「それにしても、あんたには迷惑をかけたようだ、わしから詫《わ》びる、許してくださらぬ

か」

このひとが――

悪鬼、鬼畜……吸血鬼と恐れられた新選組の頭領が――

お澄に、静かに頭《こうべ》を垂れたのだ。

拍子ぬけしたように、お澄は、呆然《ぼうぜん》と、彼を見まもっていた。そのうちに、足もとから顫えが、のぼって来た。恐怖ではない。恐怖を通り越した、と悟ったときに、言い知れぬ激情が、お澄の女体をわななかせた。

――このお方は、ほんとうに、御存知なかったのだ、名主の勝手な頼みだったのだ――

そう思い当ると、自棄《やけ》っぱちに、ぽんぽんまくしたてたのが、急に悔まれた。

「いいえ、いいんです」

お澄は、叫ぶように、言っていた。

「いいんです。あたし、あたし、何を言ったのかしら、取り乱してしまって、十万石のお大名に、大それたことを」

「十万石?」

ふと、近藤勇の、削げた頬に、自嘲《じちよう》の影が浮んだ。

「堪忍《かんにん》して下さいましな、あたし、あたし」

お澄は、泣きたいような気持だった。

――翌朝、甲陽鎮撫隊は、日野の宿を出発した。官軍の東山道鎮撫先鋒《せんぽう》が、甲州へ迫ったという情報を得たからである。

ところが、時既に遅く一日違いで、甲州城は因幡兵《いなばへい》に占拠され、土州藩の谷守部（干《た》城《て》）が大隊を率いて入城したので、もう手がつけられなかった。

彼我が火蓋《ひぶた》を切ったのは勝沼《かつぬま》である。戦さはしかし半日と保《も》たなかった。戦意既に喪失して、ただ徒《いたず》らに気勢をあげていた烏合《うごう》の衆の甲陽鎮撫隊は、死者を捨てて敗走した。

近藤勇が十万石、副長が五万石、副長助勤が三万石、平隊士三千石で、甲州百万石を領有しようという相談が出来ていただけに、この敗北は、夢から醒《さ》めた思いだったろう。

一旦《いったん》、江戸へ舞い戻った彼は、敗残兵や、旗本などを招集して、下総流山に拠《よ》ったが、転石は、もはや山上に、戻れない。

ほどなく、官軍に縛され、板橋《いたばし》刑場の露と消えたのである。

悪事千里を走るというが、四月二十五日のその日のうちに旅人の噂話が風に乗り、甲州街道日野の宿場にも、処刑のことが伝わって来た。

六

びしょびしょと、夜闇を濡らして雨が降っていた。

夜番の非人どもは焼酎《しょうちゅう》でも飲んでいるのだろう、獄門台から五間ほど離れた小屋に灯《あか》りが洩《も》れている。

お澄は、足音を盗んで近よった。全身ずぶ濡れになっていた。どういう気持か、彼女自身、はっきりわからなかった。

昼間、大勢の見物人にまじって、近藤勇の獄門首に合掌したとき、

――盗もう、夜になって……

と決心したのだ。

多くは、好奇心と、恐怖のいりまざった視線を投げていたが、なかには、馬の草鞋《わらじ》や、石塊《いしくれ》をぶつける者もいた。そんな悪戯《わるさ》がひどいときは、非人が、目を剝《む》いて六尺棒をふりあげたが、たいていの場合、看過した。

獄門は、もっとも重い刑である。死んだ後まで、衆人に嘲罵《ちょうば》させ、辱めるのが目的だったから。

――お可哀想《かわいそう》に……

お澄は正視出来なかった。

昼間も雨は降っていたが、きっと、歯を喰《く》いしばった勇の顔は、生前と少しの相違もなかった。

ただ、蒼白《そうはく》に変色しているだけで、削ぎ立ったような鼻のかたちも、秀でた顴骨も、

閉じられた目も、沈鬱《ちんうつ》に思索しているかのようだった。

その目があけば、あの、炯々たる光の底に、愁いを秘めて——あの夜、「済まぬ……」と、謝ったときの近藤勇が甦《よみがえ》ってくるようであった。

お澄は夜を待った。

——首を盗んで、故郷の寺で供養して貰おう——

その気持で、刑場に忍んで来たのだ。

獄門台のうしろは竹藪《たけやぶ》になっていた。お澄は竹藪ぞいに、獄門台に近づいたが、ふと、数間先に、うごめいている人影を知って、ぎくりとした。

——非人かしら……

違う。やはり、小屋の方を注意しながら、獄門台に忍びよって行くではないか。

近藤勇の処刑が決定して、刑場まで護送したのは、岡田粲之助という元幕府旗本岡田将監の嫡子の銃隊約三十名で、執刀の横倉もその家臣であった。旗本でありながら機を見るに敏《さと》く寝返って官軍の手先になっている。

その岡田藩士若干名も立番のはずだが、姿が見えないのは、板橋女郎でも抱きに行っているのか。

小屋の中の話し声では、非人が五、六人いるだけらしい。

——何をするつもりかしら……

お澄の胸は早鐘を撞《つ》くようだった。雨は、依然として、強くもならず、やみもせず、しとしとと降っている。

陰気な、暗い夜だ。普通なら、とても、刑場なぞこれたものではないが、異常なほど、切迫した気持が、勇の首級奪取に、お澄をかりたてたのだった。

その怪しい男は、獄門台へ近づいていた。

のびあがるように、手が、近藤勇の首へ、と、見たせつな、

「あっ、何をするの！」

思わず、お澄は叫んでいた。衝動的な叫びだった。

小屋の戸が蹴放《けはな》されたようにあいて、非人たちがとびだして来た。焚火《たきび》を背にして、地獄からとびだす鬼のように見えた。

「やア、首ぬすみだぜ」「ふてェ野郎だ」棒や錆槍《さびやり》をふるって、男のかげへ、襲いかかる。

「うぬ！　邪魔するかッ」

首へのばした手が腰へ走ると見るや、きらりと秋水が、雨脚をぶち切って、

「うわッ！」非人の一人が、悲鳴をあげてのけぞった。

「さむれえじゃァ」

非人たちは、しかし、かえって、鼓舞されたかのように、錆槍で、無暴な突きこみか

たをした。これも、引っぱずされて、二人、三人、一太刀ずつあびせられて、ぬかるみに這《は》った。

——あと二人——

お澄は、竹藪にうずくまったまま、目勘定した。

男は、非人をすべて斬り捨ててから首級を奪うつもりか、二人を追い討ちした。

そのとき、カアーッと叫びが聞えて、水音をさせて、数人が駈《か》け寄ってくる様子。

板橋女郎を、チョンの間に抱いた岡田藩士だろう。

しまった、というように、男は、片手殴りに、執拗《しつよう》な非人を斬りさげて、逃げだした。

小屋から洩れる灯が、一瞬！　一瞬だったがその横顔を照らした。

「あ、勘ちゃん……」

蟻道勘吾の特徴のある横顔だった。お澄も雨と泥のなかを転げるように、走りだしていた。

七

三日間——板橋の庚申塚《こうしんづか》刑場に梟首された近藤勇の首は、次いで、京へ送られた。

護送は、やはり最初からの関係で、岡田藩士数十人だった。首桶《くびおけ》に焼酎を満たして、首が漬けられていた。途中三度焼酎を換えたので、京の三条河原へ梟されたときも、容貌は変らなかった。

京の三条は、近藤勇、思い出の土地である。連日連夜、討幕の浪士を殺戮《さつりく》しては、島原《しまばら》の廓《くるわ》に、祇園《ぎおん》の紅灯に、返り血を浴びたすがたで登楼して、女を抱いた昔――

わずか半歳たらずのうちに、時勢の大変動とはいえ、梟首される近藤勇の胸中は、よしや黄泉《よみ》の人とはなってても察するにあまりがあろう。

「官軍さんも、ひどいことを……」

三条大橋の上から、獄門首を見おろして、切歯している女は、お澄だった。

お澄は、しかし、勇の首を狙《ねら》って、道中くっついて来たわけではなかった。そこまでするほど執着していたわけではない。

あの翌日、日野へ無事に帰ったのだが、二、三日後、甚兵衛は、名主屋敷へ呼ばれて、勇の養子勇五郎《ゆうごろう》らと、板橋へ行き、滝野川《たきのがわ》の寿徳寺へ仮埋葬されていた首なし死屍《しし》を貰いさげて来て、三鷹《みたか》の竜源寺へ埋めた。

むろん陰に佐藤彦五郎の采配《さいはい》があった。彦五郎は、甲陽鎮撫隊に加わり、春日隊という輜重隊《しちようたい》三十人を率いて甲州へ行ったので、いまでは賊徒に指名されて、姿を隠していた。

「名主さまの仰有《おつしや》るには、近藤さまの首を、あちこちで梟されては、成仏出来まい。早く胴体と共埋めして、供養せねば、いつまでも迷っているじゃろちゅうで――五十両、賞金つけるそうなじゃ」

もう十歳《とお》も若ければ、自分が、首をぬすみ出しに行くのだが、と、甚兵衛は、地団駄踏んで、咳込むのを見ると、お澄は、

「あたしが行くよ――、女だって……やれないことはないさ」

二十両の借金も綺麗《きれい》に返せて、三十両あれば、いくら諸式の高い今日でも、当分楽な暮しが出来る、その思いが、お澄の決意を固めさせた。

欲得ずくの首を追って、京へ上る道中の間に、お澄の感情は次第に純化されていった。

あの夜、雨を衝《つ》いて、恐ろしい刑場に行った有様が甦って来たのだ。

蟻道勘吾のことは、情慾《じょうよく》の相手としてではなく、

――なぜ、あの人が近藤さまの首級を――

奪おうとしたのか？　たんに輩下としての義理か情誼《じょうぎ》か？　勘吾も、いまや賊徒であり、追われる身なのに。

幕臣の多くが抗戦するために、奥羽連盟に走っている。勘吾も、会津《あいづ》あたりに行ってるかもしれない。それとも、上野《うえの》の彰義隊とやらに加わっているのだろうか。

お澄は、近藤勇の首への奇妙な愛着を日増しに強く感じていた。

それは、京へ着いて、夜になると三条を徘徊《はいかい》して、奪取の隙《すき》をうかがっているうちに、

ますます強烈に、火が油を得て燃えさかるに似ていた。女が男を知って、処女《おぼこ》の恋から、女体の実感として、燃えあがらせる情炎にも似ていた。

京では、市民の多くが、近藤勇を怨んでいたらしい。もの言わぬ首へ対する侮辱は江戸の比ではなかった。

河原の石を投げるのは言うまでもなく、ひどいやつは、糞尿《ふんにょう》を柄杓にくんで来て、番人の目をぬすんで、頭からかけようとした。

これは、幸いにも、見物人のほうがへきえきして、やめさせたが、石つぶては烈《はげ》しく、勇の首は、二度も三度も、獄門台から落ちた。

そんなとき、お澄は、懐中の剃刀《かみそり》をきゅっと握りしめて、斬りつけたい衝動に駈られた。

「いくら、怨みがあるかしらないけれど、仏になンということだい、京女のおしとやかさが聞いてあきれらア」

いつか、お澄は、ほろほろと、涙していた。

寺小屋で、白痴の児《こ》がいじめられるのを見たように、とめに出ようとしてうずうずするのだ。

首だけの近藤勇――それが、奇妙にも、お澄の情人のようであった。虚《むな》しく、夜を歩きあかして、木賃宿に戻って来てから、木枕《きまくら》に頬をつけると、お澄は、もう、ここ何日も、男の肌から遠ざかっていたことに気がつく。

——そうなんだ、あたしの情人は、近藤さまなのだから——

彼女は、微笑《ほほえ》む。そして、疲れたからだはふかい眠りに惹きこまれるのだった。

三条河原で、奪取の隙がなかったのだから、間もなく、大坂へ運ばれ千日前《せんにちまえ》へ梟されると、尚更《なおさら》、人目が多く、不可能だった。

ここでも罵詈雑言《ばりぞうごん》の雨。そして、唾《つば》や馬糞《ばふん》をぶつけられた。

千日前から、又もや、京へ戻って、三度目は、洛東粟田口《らくとうあわたぐち》の刑場入口に梟された。

この第一夜目。すなわち、閏《うるう》四月十五日の夜、大嵐《おおあらし》になって、お澄が、「今宵《こよい》こそ」と、嵐を衝いて、獄門台に近づいたが、そのわずか前に、近藤勇の首は消え失《う》せていたのである。

八

その夜、お澄は、酔った。

京へ来て、初めて、いな、江戸を出発して以来、悲願成就を誓って、手にしなかった盃である。

「ふん、何でい、近藤勇が、そんなに恐かったのかい、しっ腰のない上方《かみがた》ものがよオ」

木賃宿で、お澄は、あたり散らしていた。

旅の六十六部《ろくぶ》や、行商人や、お百姓や――雑多な相客が、或は迷惑そうに、或は、退屈しのぎに、じろじろ見ているうちに、隅のほうにいた顔の半面を頭巾《ずきん》でかくした傀儡《くぐつ》師《し》が、急に立ちあがって、

「うるさいやつだ、おもてへ出ろ」

低いが、錆《さ》びのある声で言って、あばれさわぐお澄を抱えだした。

「何をしやがンだい、お澄姐《ねえ》さんを、何だと思っているンだよ」

「そのお澄に用があるのさ」

抱えこまれた、伊吹屋という旅籠の一室で傀儡師は、はじめて、頭巾を脱いだ。

――見たような……

凄《すご》い、刀傷のあとが、左眼の目尻を引《ひ》き攣《つ》らせ、唇《くち》を歪《ゆが》めて、ななめに走っていた。まだ生々しい。乱暴に、素人が、傷口を縫合したものと見え、ひっつれは、二目と見られない物凄さだ。

「おれだ、蟻道勘吾だ」

あっと、思った。板橋の刑場の夜――

「おれは、ずっと、首のあとを尾《つ》けて来た。副長（土方歳三《ひじかたとしぞう》）の命令でな、なんとかして隊長の首を奴等《やつら》の手からとり戻すためにな」

「では、では……」

「うむ」勘吾は、会心のうなずきかたで、床の間を顎で示した。そこには人形箱がおいてあるきりだ。さっきまで首にかけていた人形箱。

「あの中にある……」

「ああ……」お澄は、惹かれるように、にじり寄ろうとした。

と、その腰を、ぐいと引き戻された。と思うと、お澄は、勘吾の逞しいからだに圧《お》し伏《ふ》せられていた。

「ただじゃ見せねえよ、お澄！」

甲州の戦さで、出来た傷か？　その傷ゆえにわずか三月足らずで、こうも人柄が違うものか。

お澄の肌も、かわいていた。無意識に、その女体は、勘吾の愛撫《あいぶ》にこたえていた。お澄は、勘吾の頸をしなやかな腕で抱いてうめきをもらしながら、しかし、思いは、人形箱のなかの近藤勇の首へとんでいた。

恍惚《こうこつ》に浸るには、二人の罪が重かった。

「新選組の残党だというぞ」「傀儡師に変装して、もぐりこんで来たやつだ」

そんな喚《わめ》きが聞えて、勘吾は、お澄のからだからとび起きた。

まるで、近藤勇に誰何《すいか》されたときと同じような狼狽《ろうばい》のさまだった。

「ここだ」

襖《ふすま》が、サッとあけられたとき、勘吾は、脇差《わきざし》の抜き討ちに先頭の男を倒して、血刀ふりまわしながら、官軍の群れに斬りこんで行った。

反射的に、お澄も行動していた。

床の間の人形箱（それは首の重量を思わせて重かった）を抱えて、屋根へ出、濡れた瓦《かわら》をすべって、とびおりた。

その拍子に木箱は割れ、首が転がり出した。

雨もやみ、雲を破って出た盈月《えいげつ》のもとに、近藤勇の歯をくいしばったおもてが、ぞっとするほど白かった。

お澄は、夢中で、抱え、袂で包むようにして、走った。十五夜に照らされた白い道。京特有の軒の低いムシコ作りの家並みの間の狭い路地を、走った。

どこをどう走ったのか、もとより知らぬ。

精根つづく限り、お澄は走り、足の拇指《おやゆび》の生爪《なまづめ》をはがして、よろめくように倒れたのはふかい叢《くさむら》のなかだった。

東山《ひがしやま》の山麓《さんろく》でもあろうか、仰ぐ夜空に影絵のように、五重塔が見え、叢は月光に濡れていた。

「近藤さま……」

お澄は、首に頰ずりし、狂ったように接吻《くちづけ》した。

幸い、落ちなかった櫛《くし》をはずして、頭髪《かみ》を梳《くしけず》ってやる。死毛は、ねばついて、何百本となく脱《ぬ》けた。首には、酒の香が、強く匂《にお》っていた。それすらも、あの夜の近藤勇を思い出させるものだった。

「近藤さま、近藤さま……」

あれだけ、多くの男とからだの交渉を持ちながら、こんなにも慕わしく愛《いと》しいひとがほかに居たろうか？

「いちど、いちどでいい、あたし、近藤さまに抱かれてみたい……」

いや、清いままで別れてしまったから、こうも慕わしいのだとも、思いかえされた。

お澄は、ほろほろと泣きながら、満月に照らされて、ものいわぬ首級を愛撫しつづけるのであった。

近藤勇の墓は現存するもの三ヶ所。三鷹《みたか》の竜源寺と、板橋駅前と、会津天寧寺のそれと。竜源寺には胴体が埋まり、天寧寺には件《くだん》の首級が埋葬してあるようだ。

後者は土方歳三が、箱館《はこだて》へ行く前に、埋葬したのだという。もしそうであるならば、お澄が、蟻道勘吾の慚死《ざんし》を憐《あわれ》み、使命を感得して会津へ届けたものと見るのが至当であろう。

尚、天寧寺の墓碑の戒名は、子母沢寛《しもざわかん》氏の『新選組始末記』にも、平尾道雄氏の『新撰組史録』にも「貫天院殿純、義、誠、忠大居士」とあるが、これは「純忠誠義」の誤記であることを附記《ふき》しておく。（編集部注・『定本　新撰組史録（新装版）』にて訂正）

逃げる新選組

一

日が暮れようとしていた。正月といっても明けたばかりで、おだやかな陽《ひ》ざしにも、夕方の風にも冬の色は濃かった。屋敷の門前や大店《おおだな》の軒先の門松も注連飾《しめかざ》りも松ノ内の風景だったが、ふだんの正月と違い、重苦しい暗雲がこの伏見《ふしみ》の城下を蔽《おお》っていた。

いつもなら屠蘇機嫌《とそきげん》の賀正客が行き交う街すじも往来が絶え、大戸を釘《くぎ》づけにして無人の家が尠《すく な》くない。土蔵の窓には泥の目塗りがしてあるのが見える。

宵風が寒気をともなってくると、街にうごめく影は、抜身の槍《やり》や鉄砲を抱えた武装兵だけになった。

この暗雲の去来は――

衰退してゆく徳川《とくがわ》幕府の最後のあがきだった。

さきに攘夷開国《じょういかいこく》の騒ぎに端を発して、討幕の機運を盛り上げてきた薩長土三《さっちょうど》藩の盟約による、大政奉還の建白と強圧が実を結んで、十五代将軍慶喜《よしのぶ》が将軍職を退《しりぞ》いたのは二タ月前のことである。

だが薩摩藩と長州藩を主軸とするアンチ幕府の最終目的は、徳川氏の壊滅にあった。

大政奉還しても徳川氏の二百六十年間にわたる勢威は厳然として存在している。関東以北の諸藩の大部分が佐幕なのだ。その機をはずさず、一挙に叩《たた》き潰《つぶ》してしまえ、というのが薩長の急進派の意見だった。

江戸の薩摩屋敷では浮浪の徒を集め、故意に市中を狼藉《ろうぜき》し、取締警備の任にある庄《しょう》内藩《ないはん》屯所に発砲するなどした。幕府を怒らして、戦さにもってゆこうとする謀略だった。庄内藩ではその術《て》に乗って、とうとう三田《みた》の薩摩屋敷に焼打ちをかける。

その報が大坂城の慶喜のもとに入るや、慶喜を初め幕閣の要人たちも忍耐の緒を切ってしまった。

「大政奉還は天皇への政権返還である。薩長徒輩何するものぞ。すべからく、君側《くんそく》の奸《かん》を討つべし」

罪状を列挙して討薩長を掲げ、闕下《けっか》に寃訴《えんそ》すべく前将軍慶喜は率兵上京を声明した。淀《よど》本宮に本営を設け、総督は松平豊前守《まつだいらぶぜんのかみ》、副総督は塚原但馬守《つかはらたじまのかみ》、上使は滝川播磨守《たきがわはりまのかみ》で見廻組《みまわりぐみ》や桑名藩兵《くわなはんぺい》に守られて鳥羽《とば》街道を進んだ。

すなわち慶応《けいおう》四年正月三日。新選組は会津藩兵《あいづはんぺい》らとともに、竹中丹後守《たけなかたんごのかみ》に属して、伏見口に当るべく、伏見京橋際に待機して命令を待っていたのである。

河岸の南浜から津ノ国屋前河岸に布陣した隊士およそ二百。在来の隊士は六十人ばかりで、他は新募の兵だった。

川向うの来迎寺の大欅《おおけやき》の梢《こずえ》に、烏《からす》が一羽とまって凝《じ》っと見おろしている。何か寒ざむとした姿だった。

「あいつ、何見とるんやろ」伍長《ごちょう》の島田魁《しまだかい》がいまいましそうに見上げて、

「高みの見物きめこむのやな。一発喰《くら》わしたろか」

「よせよ」と、池田小三郎《いけだこさぶろう》が鉄砲を圧《おさ》えた、「命令なしの発砲は切腹ものだ。それこそ烏に笑われるぞ」

「阿呆《あほう》は承知さ。それにしても、早く始まらんかなあ。腕が鳴るわい」

「なんと鳴る」

「芋をぶった斬《ぎ》りたいとな、芋雑炊にして食うか」

「ぶった斬っても、いまどきの唐芋《からいも》は仲々食えんて」

「焼 酎《しょうちゅう》に仕込むか」

「悪酔いするのがオチじゃて、はははは」

聞いていた者みんなが笑った。が、その笑い声は妙に虚《むな》しさを胸にひろげただけだった。

「こんなところで、便々と待つことはない。我々が先鋒《せんぽう》になって、洛中《らくちゅう》へ突っこめばいいんだ」

焦《いら》だたしげに吼《ほ》えるように言ったのは、久米部正親《くめべまさちか》だった。

「隊長はどうしたんだ、みんなで進言しようじゃないか」

そのとき、寺田屋の角から、前掛の小僧がちょろちょろと走ってきた。隊士の一人をつかまえて、何か聞いていたが、池田小三郎のところに来て、何やら囁《ささや》いた。

「——ほんとうか、来ているのか？」

「へえ、待っていやはります、ちょっとでもお目にかかってお別れ言いたい、言いはりまんね」

「うむ。すぐにゆく」

小三郎は小僧の後から、小用にでも立つような調子で、陣場を離れた。

寺田屋の裏路地へ入ろうとするところで、

「池田、どこへ行く」

するどい声が飛んで来た。

土方歳三《ひじかたとしぞう》だった。

乱髪止めに小札《こざね》入《い》りの鉢巻きをし、金紋黒革胴の小具足を着て緋《ひ》羅《ラ》紗《シャ》の陣羽織に采配《さいはい》を手にしている。

切れの長い目、うすい唇など整った顔立ちで中肉中背だから、年齢より若く見えるが、三十四になっているはずだ。

その眼が、きらりと冷たい光の箭《や》を投げて、

「無断で隊列を離れてはならん」

「はあ……」

「伍長の君がそんなふうでは困るではないか」

小三郎は棒立ちになった。

「平同士も多いことだし、率先して隊規を守り、新選組の面目を保つ活躍は、君らに負うところが多いのだ、隊列に戻りたまえ」

声はよく聞えなかったが、咎《とが》められている様子はみんなに見えている。島田魁がつかつかとやってきた。

隊中一の巨軀《きょく》で、故郷の美濃《みの》では草相撲の大関になったこともある島田は、笑うと頰《ほお》にえくぼが出来て、愛嬌《あいきょう》のある顔になる。

「土方先生、差出がましいようですが、池田君に逢《あ》いたいというレコが来ているのです。京からわざわざ、今生の名残りを惜しみに来たというのですから、許可してやって下さい」

「それなら、尚更《なおさら》のことだ」

土方の言葉は切り裂くように峻烈《しゅんれつ》だった。

「大公儀危急存亡のとき、一婦人に恋々としていて、強敵を倒せるか」

「ですから、未練のないように……」

「黙り給《たま》え、新選組の隊士には、いまとなって如何《いか》なることにも未練がましい怯懦《きょうだ》の心ある者はないはずだ。入隊したとき、すでに明日のわが身を省ず、奉公専一の誓言をしたはずだ。君らは幕臣としての誇りを持っていないのか、大公儀に捧《ささ》げた命ではなかったのか」

「わかりました、副長」

池田小三郎が蒼《あお》い顔で答えた。

島田がまだ何か言おうとするのを、小三郎はおさえて、一揖《いちゆう》すると、陣へもどった。

「島田」

「は……」

「その女、追い帰したまえ」

「…………」

「命令だ」

「やむを得ませぬ。貧乏くじを引いたようです。戦さになればまっ先に討死するのは私でしょうな」

寺田屋の裏から、さっきの小僧がのぞいている。

猪首《いくび》をふりながら、大股《おおまた》にそのほうへ歩いて行く島田魁を見送って、土方歳三は言いようのない怒りが胸にふつふつと黒く泡立つのをおぼえた。

──なぜ、おれが怨《うら》まれねばならぬのだ。新選組の存在の意義はかれら自身が充分知っているはずではないか。

貧乏くじ、と島田は言った。そのくじを引いているのは土方自身ではないか。

旧臘《きゆうろう》十八日、竹田街道で高台寺党の残党から狙撃《そげき》されて近藤勇《こんどういさみ》は左肩を砕かれ、大坂城で手当てを受けている。したがって、土方が隊長として隊士を率いて来たのである。春風秋雨五年、近藤の勇猛を補佐するに智略《ちりやく》をもって新選組を率いた土方への大方の評は冷徹残忍の極言すらある。それに甘んじて来たのも、組のためであり、崩れゆく幕府を支えるために、組織をより強力にしなければならなかったためだった。

公金費消の理由で死罪にもした。怯懦の故に切腹させもした。浮浪の徒、人斬り無頼の集り、と誹《そし》られた組を、会津守護職輩下のれっきとした集団に昇格させるために、思い切った荒療治も必要だったのである。

──おれの気持は誰《だれ》にもわからぬ……

天下分け目の戦さが、目睫《もくしよう》に迫ったいまになって、情婦か馴染《なじみ》か知らぬが女に逢うなどというだらけた気持になるほうが、土方には不思議でならなかった。

──みんな一体、この戦さを何と思っているのだ？　おれだけ、一人で力んでいるのか、気負いすぎているのか？……

島田の捨てぜりふが甦《よみがえ》った。

戦さが始まったら、と彼は言った。

「——最初に死ぬのは、おれかもしれぬ……」

ふと、そんな暗い予感が胸を掠《かす》めた。

夕闇《ゆうやみ》の濃くなった空をふるわせて、突然砲声が聞え、それはたちまち、春雷の天地にこだまするように、韻々たる音響を呼んだ。無理押しに入洛しようとする幕軍に対して鳥羽口の薩藩が砲門を開いたのである。

いわゆる鳥羽伏見の戦火が切って落とされたのであった。

二

薩長を主軸とする京軍が、短時間のうちに優勢を示したのは充実した火器のほかに、錦旗《きんき》を持ち出して、官軍を標榜《ひょうぼう》したことである。

鳥羽口の砲声によって新選組は行動を起した。

すぐさま北進しようとしたが、伝令が来て薩軍の隊が桃山城址《ももやまじょうし》へ南進してくるという。

「よし引受けた。芋が五万と押寄せても一人も通すものか」

ただちに隊伍を組みなおして浜通りを東進した。

京町から北へまがって伏見奉行所の門前二丁にわたって陣を張る。

「斥候《ものみ》を出せ」

土方が顎《あご》をしゃくると。伍長の久米部が、舟津鎌太郎《ふなつかまたろう》に命じる。舟津は馬に乗って坂道を駈《か》け上《のぼ》って行った。

もうすっかり日が暮れて、北の空が民家を焼く火で仄明《ほのあか》るく砲火がぱっぱっと、花火のように、美しく見える。

「——帰ってきました」

誰かが叫んだ。

緊張の耳に馬蹄《ばてい》が聞えた。坂をくだってくる。闇の中にそれが、主《あるじ》を失った馬だけだと知って土方の顔色が変ったとき、轟然《ごうぜん》たる音が闇を裂き、奉行所の門扉が炸裂《さくれつ》して、どっと火を噴きあげた。

「敵だ、散れ！」

その声をうち消す砲声。すでに桃山城址は敵勢の占拠するところとなっていたのだ。闇の中だし、混乱が恐怖を招いた。まだ遠くにあると思った敵が、ほとんど頭上といってよい高みに大砲を据えているのだ。

虚を衝《つ》かれただけでも、不利だ。戦さは気と機が大勢を支配する。同数、同勢力でも勝敗のポイントは僅《わず》かの差で決る。

優秀な火砲に風までが味方した。間断ない砲声と巨大な焼玉の息つぐひまもない撃ち込みに、奉行所は凄《すさ》まじく炎上し、勇猛をもって鳴る新選組もばたばた仆《たお》れてゆく。

「撃て！　撃て！」

土方は声を嗄《か》らして、隊士を督励して走りまわった。

応急の竹柵《たけさく》によって、応戦するのだが、二百名の隊士のうち鉄砲は僅か三十挺《ちょう》あまり。それも古い先込めのやつで、新式の旋条銃《せんじょうじゅう》など一挺も持たぬ。

炎々たる奉行所の火明りに照し出されたところを狙《ねら》い撃《う》ちにされるからたまらない。

土方のすぐ目の前で、近藤勇の養子周平《しゅうへい》が胸板を撃ち抜かれて、きりきり舞いして倒れた。

「しっかりしろ、周平さん」

抱え起したが、かっと眼をむいたまま、周平はこと切れている。

悪夢でも見ているかのように、信じ難い敗戦だ。

「退《ひ》け、みんな退け」土方は周平を担ぎあげて、

「京橋まで退け。このままでは全滅するぞ。街なかへ引きよせてから斬り込むのだ」

その声を待っていたように、どっと、隊士は走りだした。

後に判明したのだが、官軍の先鋒はほとんど新式銃を持っていたし、こちらは古い銃で三十挺あまり。その上に凄《すご》い大砲だ。歯が立たないのも当然だった。

「くそっ、攘夷の本家が夷狄《いてき》の武器におんぶしやがって」

隊士は血まみれの顔をゆがめて、こういきまくのだが、もとよりごまめの歯軋《はぎし》りにすぎなかった。

「町なかなら、こっちのものだ。一人で五人ずつ受け持とう、そうすりゃ千人近く殺《や》れる」

そんな叫びも、虚勢でしかなかった。

武器も舶来なら、戦さぶりも洋式で、個々の斬りあいなど下手なことはしない。山から町中へ移っても大砲と小銃を雨あられと浴びせてくるのだ。切歯しながらも、退却しなければならなかった。

鳥羽口の幕軍も散々な敗けかたで、火器の優劣と官賊の差異は、物心両面で幕軍を敗走に追いこんだ。

「賊軍！　錦旗へ抗する賊を撃て」

砲声の間に聞える、その思い上った喚《わめ》きがどれだけ幕軍の士気をひるましたろうか。

すでに、徳川と薩長の対等の戦さではなかった。いつの間にか、徳川方は朝敵となり、賊になり下っている。

朝廷を抱きこみ、錦《にしき》ノ御旗《みはた》を担いだほうが、正義とされるのだ。戦さは、初めから勝敗が決っていたといってよい、宮様が総督に任じられ、錦旗が急造されている間に。

一騎当千、一刀一槍《いっとういっそう》に赤心をこめて戦おうとする者は新選組のほかにもいた。幕府の伝習隊、会津藩兵、見廻組の面々――それらの者も、火器の前には如何《いかん》ともすることが出来ず、自慢の刀をから振りさせて敗退するしかなかった。

翌四日は払暁から淀へ退いた。土方歳三は残りの兵を励まし沼地にはさまれた千本松に布陣して死守しようとしたが、副長助勤たる山崎　烝《やまざきすすむ》、井上源三郎《いのうえげんざぶろう》らをはじめ伍長など中核をなす隊士数十人があるいは討死、あるいは重傷を負うや、誰からとなく藩兵らの敗走の渦に巻きこまれていった。

三

会津の殿さま鰯《いわし》かしゃこか、
　　鯛《たい》に追われて逃げて行く

品川弥二郎《しながわやじろう》の作と伝わる、そんなおどけた唄《うた》が上方《かみがた》から東へむかって流れて行った。鯛は官軍を意味している。敗走したのは会津侯松平容保《まつだいらかたもり》ばかりではない。前将軍慶喜も三日間の敗戦が錦旗によるものだと知ると、にわかに東帰恭順を決意して、大坂城を脱出、軍艦開陽に投じた。従う者、会津、桑名の両侯、酒井板倉《さかいいたくら》の二閣老と君側数名。前将軍ともあろう者が時の流れとはいえ寂しい姿だった。

大坂へ引き揚げてこれを知った新選組も軍艦富士山丸で江戸へ――

十五日未明には品川へ上陸した。肩の傷が悪化した近藤勇は和泉橋の医学所に移されて典医頭松本良順《まつもとりょうじゅん》の治療を受ける。

他の負傷者は横浜病院に収容され、残りの隊士は大名小路の鳥居丹後守《とりいたんごのかみ》役宅を宿舎として提供された。

この時の隊士名簿によると近藤以下四十三名となっている。

いかに伏見の戦いで打撃を蒙《こうむ》ったかわかる。

ある日、土方が医学所を訪れて近藤と今後の方針を練っていると、佐倉藩《さくらはん》の留守居役依田学海《よだがっかい》が見舞いに来て、

「伏見の戦争はどうでした?」

と、聞いた。

近藤は苦笑して傷をなでながら、

「私はこの通りで参加しなかったよ。この男に聞いてくれ」

土方も頬を歪《ゆが》めて、苦笑した。

「戦さなんてものじゃないですな、一方的な追い撃ちさ。これから対等の戦さをするからには、刀や槍ではものの役に立ちませんよ。鉄砲ですなあ、それから大筒。加農砲《カノンほう》というやつだ、お話にならぬ」

だが、戦さは終ったのではなかった。むしろ徹底的に徳川勢力を叩き潰すために、大

軍が動員されていた。東海道、東山道、北陸道にそれぞれ鎮撫総督《ちんぶそうとく》が任命され、あらたに有栖川宮《ありすがわのみや》が東征大総督として東下してくる。

むろん薩長土三藩による人事進言がそのまま勅諚《ちょくじょう》となっている。西郷吉之助《さいごうきちのすけ》らが参謀としてその意志がそのまま大総督の意志で三月十五日には江戸城総攻撃の厳命がおりたという。

慶喜は謹慎の意を表しているが、血気の旗本をはじめ佐幕派の面々は、

「おめおめと拱手《きょうしゅ》して江戸を開け渡してよいものか」

怒濤《どとう》のごとき官軍の侵入を阻むには箱根《はこね》か小仏峠《こぼとけとうげ》か碓氷峠《うすいとうげ》。

「小仏だな」

土方がずばりと断定的に言った。

「小仏と申すより甲府であろう、甲州は地勢嶮要の地なればこそ、累代天領となっている。甲府城の勤番支配佐藤駿河守《さとうするがのかみ》に通謀し、二、三千の軍勢をもって防げば、東山、東海の両道侵攻の軍をも控制し得る」

近藤もその意見に賛成だった。

事は急を要する。ただちに閣老に献策して具体化した。まず軍勢だ。神奈川に幕府の歩兵が二大隊駐屯している。その洋服の色合から菜葉隊《なっぱたい》と呼ばれている連中で、これはフランス教練を受けて銃器も揃《そろ》っている。二大隊、およそ千六百人。

それを中核として八王子《はちおうじ》の千人同心。これは小仏峠を守る槍隊で、老若集めれば二千人以上はいるし、ほかに市中に触れて有志を集めた。

その数およそ二百。若年寄永井玄蕃頭《ながいげんばのかみ》の周旋によって隊号は甲陽鎮撫隊と名づけ隊長の近藤勇は若年寄格となって一万石級だ。名も大久保剛と仮称した。

土方歳三も寄合席、旗本の大身で三千石以上の扱い。内藤隼之助と名を代えた。外隊士もすべて旗本として優遇され、小十人格。

お手許金《てもときん》から金五千両、武器は大砲二門と小銃二百挺を授けられ、意気揚々と甲州街道を踏みだしたのが三月二日。

下染谷村には土方歳三の実兄良循《りょうじゅん》が医者で信望を集めている。

その夜はここに一泊した。

翌日の昼食は日野宿《ひのじゅく》。土地の名家佐藤彦五郎《さとうひこごろう》が一行を出迎えた。

彦五郎は勇とは同門で自宅に道場を持っているし、歳三の姉を妻に娶《めと》っている。おのぶという。したがって試衛館出身者を主軸とする新選組とは密接な関係がある。

多摩《たま》の郷士から近藤、土方の二人を出したことは尠からぬ名誉だから、村をあげての歓迎だ。

酒宴がひらかれ、彦五郎はその席上、百余人の農兵と小荷駄を披露して近藤を驚かした。

「お噂《うわさ》を聞いて、支度を整えていたのです、不肖ながら兵糧方《ひょうろうがた》はおまかせ下さい」

「そうして頂ければ、憂いなく戦えますな、土方も喜ぶでしょう」

「土方先生はいつ到着なさるので」

「明日の午《ひる》には此処《ここ》で落ち合って出発します。神奈川の菜葉隊を引率してくれることになっている」

土方の名が出たとき、はっとしたように、緊張を頬に見せた女があった。

祝宴の手伝いに近在の女たちが来ている。娘もいるし人妻もいる。二十五、六の年増だが、このあたりにしては垢《あか》ぬけした容姿だと、江戸や京坂で女遊びも飽きるほどした近藤勇が目を惹《ひ》かれていたのである。

佐藤の妻女おのぶもそれに気づいたように、

「おもよ、近藤先生にお酌をなさいな」

と、招いた。

しゃきっとした着付や立居振舞のきびきびしたところも農婦には珍しいと、思っていたが、やはりそうではなく、喜の字屋という旅籠《はたご》の女将《おかみ》だということだった。

酌をする手つきも、控え目だが馴れた柔らかさがあった。

「石田村《いしだむら》の生れでしてな」と彦五郎が紹介した。「儂《わし》が仲人で喜の字屋に輿入《こしい》れしたんだが、亭主が一年たらずで亡くなり、いまでは女のほそ腕で旅籠を切り盛りしていますのじゃ」

「石田というと、土方の故郷になるが」

「それでございますよ、うちとは田一枚はさんだ隣りでしたの」

おのぶが、意味ありげに笑った。

「すると筒井筒ふりわけ髪の、ということになるかな、はははは」近藤勇も愉快げに、ぐっと干した盃《さかずき》を、「ひとつ、やろう」

「有難うございます」

慎《つつ》ましく、おもよは受けた。

長州再征に失敗以来、日に日に衰亡の一途をたどってきた幕府の前衛として、一身にその敗残の苦汁を味わった近藤勇にはこの故郷《ふるさと》での歓迎ぶりはよほど嬉《うれ》しかったのだろう、ここちよく酔って、こんな冗談を言ったりした。

「この度の一挙が成功すれば、甲州百万石をわれらで領有してもよろしかろうな、私が十万石、副長が五万石、副長助勤が三万石、調役が一万石、伍長が五千石、平隊士が三千石……こうふりわければ丁度百万石におさまる、はははは、いや、戯《ざ》れ言《ごと》だ、お聞き流し下さい」

「いやいや、まことにそうあるべきですよ。皆さまが甲州をがっしり圧えて下されば、芋ざむらいどもが何万人押しかけようと、びくとも揺らぐものではありませぬ」

「そう見くびるのは、しかし危険ですな。もとより恐るるほどではないが、やつらには精巧な武器がある。錦旗がある。官軍という美名は意外なほど強い影響力を持っている。侮っては不覚を招きましょうぞ……」

確かに、侮れぬ敵だった。一泊の予定が急に変更になって酒気も醒《さ》めぬまま一行が出発したのは、斥候に出した男からの早馬で、官軍の先鋒がすでに信州下諏訪《しもすわ》に到着し甲府に進出の様子、という情報をもたらしたからであった。

土方歳三が漸《ようや》く日野へ着いたのは予定より半日遅れて、翌日の夜。神奈川の菜葉隊（警備の幕士、羽織の色が萌黄《もえぎ》なのでそう呼ばれていた）をまとめるのに思わぬ時間がかかったのである。

本隊が予定を変更したことはすでに報告を受けている。佐藤邸で一休みすると、すぐ出立しようとしたが、

「もう遅いし、どうでしょう、ひと眠りして払暁に出発しては」

一番隊隊長の結城仙蔵が言った。

「眠る？」と、土方はきらりと目をあげて、

「莫迦《ばか》な！　そんなひまはない。官軍どもに甲府城に先に入られてしまえば、とりかえしがつかぬことになる」

「本隊のほうが先に入るでしょう、敵がそんなに早くくるとは思えない」

「気休めを言っている場合じゃない、君はこの大事を前にしてそんなに惰眠をむさぼりたいのか」

「私じゃない。私はいいが隊士が承知しないのだ。十里以上も十二、三里も歩きづめではありませんか」

　結城ばかりではなかった。二番隊三番隊の隊長なども集ってきて、隊士の不平を訴えた。

「疲れていては戦さもできませんよ。第一に士気が衰える」

「戦ったこともない君たちが、士気を云々《うんぬん》する資格はない。伏見では機先を制せられたために多くの同志を失ったのだ。目の前でばたばた倒れされてゆく同志の姿を思って見ろ、それを君たちは、一体……」

　土方が悲憤に駈られても、結城たちには実感として胸にこないのだろうか。上司の命令で郷士あがりの土方を隊長に頂かねばならぬとなったときから、微妙な空気が流れていたのは事実である。

　土方は仕方なく折れた。二タ刻あまりの仮眠を許可した。佐藤彦五郎は本隊と行っておのぶが万事世話をしてくれる。多人数だから旅籠だけではさばけず、近所の家から、寺社に分宿した。

土方の宿所を喜の字屋に決めたのは、おのぶの粋《いき》なはからいだったようである。

ふかい疲労でぐっすり熟睡した土方は、夢の中で故郷《ふるさと》の道を歩いていた。

四

春だった。蝶《ちょう》が飛んでいた。黄いろい蝶、白い蝶――蝶の姿を映して、浅い小川が流れている。小川には子供たちの悪戯《いたずら》だろう、菜の花が流れてゆく。

うす紫の山脈も、そのむこうの富士のお山も、鎮守の社の林も、見馴れた村の風景だ。

土方歳三は若い。十七、八のようでもあり、二十七、八のようでもあった。

とにかく、若い。

若さがあふれていた。からだにも心にも、春の草木そのもののように希望が満ち満ちている。

石田村に生れた時、天保《てんぽう》六年（一八三五）。幼少で父母を失ったかれは十一歳で江戸へ出て、上野広小路《うえのひろこうじ》の松坂屋へ奉公した。いまの百貨店の前身で呉服屋である。

風采温雅《ふうさいおんが》ながら、内に熱血の情を秘めた歳三が呉服屋の小僧がつとまるわけがない。間もなく飛びだして故郷へもどった。

佐藤家は代々の日野の名主で、前に述べたように姉のおのぶが嫁入りしている。で、ここに寄食することになった。勇の養父近藤周助《こんどうしゅうすけ》の門人で天然理心流の免許を受けた彦五郎は自宅に道場を持っていたせいで、歳三も竹刀《しない》に親しむに至ったのは当然の成行であろう。

暴れ者ではなかったが、手すじはよい。後年ある人が、天然理心流の奥義は、近藤の剛と土方の柔を合わせたところに在ると喝破したが言い得て妙とすべきであろう。歳三の剣は小廻《こまわ》りが利き、その技の早さは目にとまらぬほどであったという。

歳三は夢のなかで自問自答している。

——おい、どこへ行くんだ？

——決っているじゃないか。あそこさ。

——何処だ？　あの家だって？

——そうさ、ほら、立っている、あの娘さ、あの娘……何といったかな、あの可愛《かわい》い

……

垣根のところで白い笑顔が揺れている。垣根のうちには、椿《つばき》の色と、桃の花が見えた。見おぼえのある家、庭、垣根、花々——その娘の名前が、どうしても思い出せなかった。

焦々《いらいら》した。

——どうしたのだ、好きな娘の名前を忘れるなんて……

「もし……」

そっと揺すられて、歳三は目をさました。

「あ……？」

夢を見ていたのだ。我にかえった。目の前に白い面輪が浮んでいる。

夢ではない。現実なのだ。そうだ、

——おもよだった……

そのおもよが、歳三ひとりの部屋に忍んで来ているのだ。

時刻はわからないが、あたりはすっかり寝鎮まって、近くの部屋から鼾《いびき》や歯軋りが洩《も》れてくる。

ふっと、おもよは微笑《ほほえ》んだ。

「お逢いしとうございました」

囁く息も熱っぽい。

十年の歳月が、一瞬にちぢまったようであった。歳三は思わず、女の手をつかんだ。

肩を抱いた。女は胸に崩れてきた。おぼえのある肌であり、髪の匂《にお》い——

卒然として、その夜の記憶が泛《うか》びあがった。

そのころはもう隣家ではない。歳三はこの日野から石田のおもよの家に、夜陰、夜這《よば》いをかけたのだ。

おもよが十七、歳三は二十四。幼いときの仲は、思春期は奇妙によそよそしい素振りを見せるものだ。この二、三年、ほとんど口を利いたこともなかった。

村祭りで、おもよの美しく成長した姿を見て、歳三は胸のときめくのをおぼえた。そのときも、お互い友人がいて、目礼を交したにすぎなかったのだが、

——おれを忘れてはいない……

その自信が決意させた。

そのころの歳三は覇気満々、情熱の赴くままに行動しながら、因循姑息《いんじゅんこそく》な郷民の尊敬を蒐《あつ》めていたというから、思慮に富み、才気縦横の日常だった。

はじめ、おもよは不意の闖入者《ちんにゅうしゃ》に抗《あらが》った。

処女だった。必死の抵抗は、しかし男の力で屈伏しかけると、舌を噛《か》んで自害しようとすらした。

「おもよ、そんなにこの歳三が嫌いか」

家人の目ざめをおそれて、耳朶《じだ》を噛むように反問した瞬間おもよは抵抗をやめたのである。

処女の身をひらいた。歳三のからだを受けて、羞恥《しゅうち》の快い苦痛に耐えながら、

「なぜ、なぜ、早く……」

名前を明かさなかったのだと、それが怨《うら》めしげな女心が、歳三の胸に新鮮な情感を呼びさました。

好きだと思う気持に嘘《うそ》はなかった。妻にしたいとも思った。が、時勢はこの剣にたけ、情熱のたぎる青年剣士に無関心ではあり得なかった。

多摩《たま》の一郷士が、武士に立身する風雲が来たのだ。時代の若者として、また武士の身分が絶対だった時代に、それを望める機会を目前にして、誰が逡巡《しゅんじゅん》しよう。熱血多感の青年が、時代の空気に敏感なのは、それが大局的に見て軽率のそしりは免れない場合があったとしても、責めるには当らない。

戦時下に、特攻隊を志願した純粋な若者を誰が責め得よう。愚かさは、愚かなだけ、至純で尊い。

そして、当時の流行病たる勤皇派ではなく、すでにゆらぎかけた大樹を支えんとする、いわば損な側に敢然と立ったことに男の面目が窺《うかが》えるのである。

勢さかんなるときは、老幼婦女もこれにつく。傾きかけた屋台骨を支えんとする崇高さは、男子なればこそといえる。

この秋《とき》に、妻帯して平穏無事な生活をもとめるなど、歳三には出来なかった。

やみ難い思慕の念のあまりの行動が、しかし、女にとってはその夜かぎりでは済まされぬことに思い当ると、歳三はふっつりと、おもよに近寄らなくなった。

すでに、しでかしたことは取りかえしがつかぬ。交情を深めることが、一層、おもよを傷つけ苦しめることだと悟ったからである。

間もなく、歳三は江戸へ出た。おもよへの情愛をふっ切るためであった。牛込《うしごめ》二十騎《にじっき》町《ちょう》の試衛館道場に住込み、さらに腕をみがいた。近藤勇との兄弟以上の交情はこのときから始まる。

さて、十年の歳月はおもよから若さを奪ったかわりに、しっとりと沈んだ美しさで、磨き上げていた。

その﨟《ろう》たけた姿に接したとき、歳三の胸をときめかした感動は、この男の冷たいほど理性的な面しか知らぬ者には信じ難いものであろう。

この深夜、おもよが忍んで来たことを、孤閨《こけい》に悩む女の遊び心と思うほど土方は皮肉屋ではない。

だが、ふたたびおもよを抱いた瞬間に、土方の胸を掠めたのは甲州に迫りつつある官軍の鼓笛と大砲の車輪の響きだった。

「いけない」

土方は女のからだを静かに引き離した。

「戻るのだ」

「え?……土方さま、あたしの気持を……」

「わかっている」歳三は哀《かな》しげに、もどかしく、首をふった。

「そなたを嫌いではない、これは信じてくれ、ただ、私は、ただ……」

「ただ？」

「同志のことを忘れられぬ。伏見で倒れていった者たち、そして、いまごろ、或《あ》いは官軍の大砲を喰っているかもしれぬ同志たち……私だけがそなたと昔の交情を温めてよいものだろうか？」

「でも、そんな……」

「いや、いい悪いではない、何というか、うまく言えないのだが、私の心持だけのことだが、土方歳三は新選組の土方なのだ」

おもよは口をつぐんだ。

凝っと見上げた眼に、烈《はげ》しい感情が動いて透明なしずくがにじんだ。瞳《ひとみ》をうつろにして盛りあがった涙が、瞼《まぶた》から溢《あふ》れ出ようとしたとき、おもよはふいに袂《たもと》で顔を蔽って、逃げるように去って行った——

そのときの失望にうち凋《しお》れた女の哀しみの姿を、土方歳三が思いだしたのは、三日目の夜、甲州勝沼《こうしゆうかつぬま》で官軍の凄まじい砲弾を浴びてもろくも壊滅した同志たちと、夜闇を衝《つ》いて敗走にうつったときであった。

行きに比べてなんという惨めな姿になっていることか。烏合《うごう》の勢は所詮《しよせん》、ものの役に立たない。せっかく曳《ひ》いて行った大砲も、砲手が不馴れのため口火を切ることを忘れたので榴弾《りゅうだん》が一つも炸裂せず、敵の大砲と小銃の乱射の前に味方はおかしいほど薙《な》ぎ倒《たお》されるというふうで、一日の差で甲府城を占拠した官軍の優位は覆すべくもなかった。笹子峠《ささごとうげ》には根雪が残っていた。夜の山であえかに光る白雪のいろが、ふっとおもよの肌を思いだささせたのである。

——哀れな……

あのときの仕打ちが、いかに年増女にとって残酷だったことか。はじめて理解できたようであった。

武士の世界と女のそれは違う。女にとって男はいのちのすべてではないか。

松の根に躓《つまず》きながら、短槍を杖《つえ》にして走る土方の眼は、行く手の闇におもよの姿態を描いていた。

五

敗走途次、日野宿に立ち寄った土方歳三は喜の字屋で三日間を過している。

八王子まで引揚げてきて、千人同心らと談合し、敗残の兵をまとめて、いま一戦をこころみようと近藤勇らは力説したが、打撃が大きく、士気は全くふるわなかった。

遂《つい》に抗戦をあきらめ、各々自由行動で解散した。が、志ある者は、五日の後に、本所《ほんじょ》二ツ目の大久保主善正の屋敷に会合することにした。

会津藩に投じて戦おうとする者が尠くなかった。土方もまたその例に洩れない。

三日間――喜の字屋に泊った土方が、おもよとただれるばかりの時を過したのは言うまでもない。

「許せ、私は目がさめた思いだ……」

十年ぶりに肌を合わせて、歓喜のなかで、土方は口走った。

「そなたの気持をふみにじって、まことの武士とうぬぼれていたのが恥ずかしい」

「いいえ、あなたさまは、御立派ですわ、三千石のお旗本ですもの、将軍さまのために尽くすのが先ですわ」

「それが……間違っていたようだ。私ごとき者が、じたばたしたところで、もはや官軍の江戸入りを防ぐことも出来ぬ。せめては、そなたとこうして、この時間を生きることが」

「嬉《うれ》しい！」

おもよは、火のようになった。

肌はゆたかに、熟《う》れていた。二十七という年齢相応に膏《あぶら》の乗ったからだが情火に狂うさまは、圧倒的に土方を恍惚《こうこつ》の世界に誘った。

夫との交媾《こうこう》の時も、長い間ではなかったし、若妻の羞《は》じらいと、感激はおどろくばかり新鮮であった。

極端な言い方をすれば、敗走してきた最初の夜から、三夜のうちに、並の女が十年間に徐々に闌《た》けてゆく性の美酒の味を、知った。

ほとんど、初夜に近い最初の夜の昂奮《こうふん》は、二度目には倍加し三度目はさらに倍加した。この急速な歓喜の反応は、土方をして、屢々《しばしば》、切迫した立場をすら忘れさせた。裸身をからみあわせ、官能のこころよい疼《うず》きに酔っているあいだ、激動の時勢も、奔走する濁流も、念頭にはなく、

――これでいいのだ、これが真の人間のすがたなのだ……

と、その時間に甘んじ、浸り切ろうとした。

洛中洛外に、泣く子も黙ると恐れられた新選組の副長として暴威をふるった日夜に、肌を慰めた女は二、三にとどまらない。

が、それらの女は、いずれも金で買ったものだし、情をもとめようとも思わず、またもとめられるものでもなかった。

おもよの深い瞳には、十年の星霜の経過を感じさせない思慕があった。

それは、一介の青年郷士にすぎないかれを愛した女の瞳であり、真心であった。

寄合席たる大身の旗本という身分とは何ら関係のない、一人の男への情愛なのだ。

その女の肌に溺《おぼ》れるのに、何の躊躇《ちゆうちよ》があろう、何の悔いがあろう。

だが、流れというものは個々の男女の意志や感情に一顧も与えず、非情な渦に巻きこ

み押流してゆくものだ。

官軍の先鋒が八王子に入ったと聞いては歳三は日野に便々と留《とど》まってはいられない。

「おもよ。私は江戸へ行く」

やはり――と、おもよの瞳は、あの夜の失望の涙を早くもにじませるのだった。

「だが、必ず帰ってくる。安心せい。武士としてどこまで一分を立てることができるか、徳川の直参《じきさん》たる土方歳三のこれがつとめだと思って、切火して送り出してくれい」


それからの土方歳三の転戦は、徳川家の崩壊する音とともに一路北へとのびていった。

官軍が征東を呼称するように、関東から奥羽へと敗走する賊軍の姿は、そのむかしの東夷《あずまえびす》のそれと軌を一にしていた。

周知のように近藤勇が下総《しもうさ》流山《ながれやま》で捕われるや、土方歳三は会津、桑名の有志らと市川《いちかわ》駅で大鳥圭介《おおとりけいすけ》を長とする旧幕府の隊に投じた。

江戸上野に立てこもった彰義隊以外の旗本伝習隊、桑名やその他の脱走兵など、およそ二千人の兵だけに、幕士として最強の兵と見てよい。

北関東の官軍を諸々に破り、結城《ゆうき》、小山《おやま》を略して宇都宮城《うつのみやじょう》を占領したのもつかの間、官軍の逆襲で敗退して会津に逃れた。

会津では土方は二百人の長となり、新選組の生き残りとともに、奮戦したが、鶴ケ《つるが》城《じょう》が完全包囲されるに及び、逃れて榎本釜次郎《えのもとかまじろう》の率いる旧幕府の軍艦に投じ、蝦夷《えぞ》に航走するに至った。

土方の隊と大鳥圭介の隊は呼応して五稜郭《ごりょうかく》を占領し、箱館《はこだて》、松前《まつまえ》の官軍を駆逐一掃して、蝦夷地一帯を完全に掌握してしまった。

その年が明け、明治二年（一八六九）の正月。蝦夷を開拓して新国家を建設することになり、榎本が総裁に推されるや、海軍奉行に荒井郁之助《あらいいくのすけ》、陸軍奉行に大鳥圭介、そして陸軍奉行並に土方歳三も補せられた。

他の人々が家系正しい武家の出身に比べて一介の郷士にしてここまで昇った土方の立身は賞せられるべきだろう。

著聞の宮古湾《みやこわん》の海戦には、土方は旗艦回天丸に搭乗して活躍したが、左腕に負傷しただけで助かった。

新選組の生き残りは、十七名といわれる。横倉甚五郎、相馬主殿、斎藤一、久米部正親、中島登、安富才輔、中山五郎、島田魁、などである。

五月に入ると官軍は、

「今月中に賊軍一名たりと余さず討て」

厳命を受けて、猛襲を開始した。

江戸上野の戦いからすでに一年を過ぎて、東京と改称された首都は着々として新政府の基礎が出来つつあるのに、蝦夷平定ならずとあっては、人心の不信をさらに煽《あお》るおそれがあったからであろう。五月十日。官軍の動きでは明日あたり総攻撃をかけてくる気配が見える、と五稜郭では邀撃《ようげき》の準備を整えたが、その夜、土方はいつになく、しんみりした口調で、島田魁に話しかけた。

「いつか君に言おうと思っていたのだが、去年の伏見の戦いのとき、池田小三郎のところに女が逢いに来たことがあったな」

「おぼえていますよ。追い帰してしまった、あれでしょう」

「そうだ」

「池田はあの日、討死しましたなあ……」島田の語気には、非難するようなひびきがあった。土方はそれを甘受した。

「そうだ。だが、私は私の処置が正しかったと信じていた」

「…………」

「あれは、しかし、誤りだったよ。地下の池田に詫《わ》びたい気持でいっぱいだ。悪いことをした。今ごろになって、と、君は言いたいだろう」

「しかし、いまさら、怨みを言ってもはじまりませんよ。ただ冷酷なひとだと思ったのは事実です」

「私の間違いは、女に逢えば士気がおとろえると思ったことだ。開戦寸前だけに許せなかった。だが、考えてみれば、情婦《いろ》にあって気がくじけるようなやつは、いてもいなくても同じだからな……逢わせてやるべきだった」

「そうですか、土方先生が、そう仰有《おつしや》って下されば、もう池田も地下で納得していることでしょう。実をいうと」

と、島田は巨軀をゆすって、闊達《かつたつ》な笑い声をあげた。

「私も、何やら胸のつかえがおりたような気持です。私も女に逢いたいなあ」

「来ているのか」

「いや、どこかに、そんな女が居ないかというだけです。ははは、池田の代りに、私が死ねばよかったのに。こんなやつに限って弾丸がよけて通るものとみえます」

「お互いにな……」

土方も笑った。が、妙にうつろな声だった。

その夜明け、土方は死んだ。

払暁を期して一斉に砲撃して来た怒濤《どとう》のような官軍に抗して土方は陣場を死守し、兵士を督励して、自らも小銃を執《と》って応戦したが、前面に出すぎたために、集中砲火を浴び、銃弾は腹と胸に貫通してもんどり打って転落した。

十字砲火のなかで、応急手当がほどこされたが、出血が甚しく、大鳥圭介と荒井郁之助が駈けつけたときには、すでに死期が迫っていた。

土方は二人の手を握って、

「――無駄だ、無駄だよ」

と、言った。

「私がこんなことを言うのはおかしいが、負けるとわかった戦さは、せぬことだ、つまらんよ、死ぬのは……生きることだ、生て、生きて……」

それきり、ぜいぜいと咽喉《のど》を鳴らして、苦しげに喘《あえ》いだ。喘ぎがとまったとき、土方歳三は死んだ。

生きて……語尾は何であったろうか。かすれた視線はおもよを硝煙の中に描いていたのではなかろうか。

その数日後、さしもの頑強な抵抗をした五稜郭も遂に降伏の旗をかかげ、榎本はじめ大鳥、荒井の諸将以下生き残り賊軍は全員降伏した。

島田魁の手で土方の遺髪が甲州街道日野宿のおもよに届けられたのは、翌春のことである。

おもよの晩年は不明だ。女手一つで諸政御一新の難しい世の中に旅籠を支えてゆくのは大変だろうからと、聟《むこ》をとる話を奨《すす》められることも度々だったが、いつも頭《かぶり》を振って、後家を通した。やがて文明開化の波が甲州街道にも押寄せて、中央線が通るようになり、日野は宿場としての機能が衰えて、旅籠がさびれてゆくと、喜の字屋を売って、おもよは土地を離れた。

東京へ出たのか、五稜郭に土方の面影をもとめて行ったのかその後の消息は誰も知らない。

解説

高橋千《ち》劔《は》破《や》

本書は、幕末維新史を背景とした七編のアンソロジーである。表題作の「竜馬を斬った男」は、京都見廻組の与頭《くみがしら》佐々木只三郎《ささきたださぶろう》を描く。表題は、竜馬暗殺の犯人という悪意ではない。竜馬は斬られて当然の不逞の輩《やから》であり、只三郎の行動こそが尽忠正義なのだという早乙女史観に基づいている。

幕末維新史は、勝者である薩長藩閥政権・明治政府によって創られた。勝者が敗者を悪者扱いするのは歴史の常であり、やむをえない。だが、尊皇・勤皇の志士が正義で、会津藩士や新選組など佐幕派が悪であり賊であるという史観は、会津藩士の末裔である早乙女貢にとって、許しがたいものであった。

早乙女貢の曾祖父は会津藩士として戊辰戦争を戦い、そのために故郷喪失者となった。国破れて山河までも奪われた会津藩主従は、北の果て下北半島に追いやられた。廃藩置県後、会津への帰郷が赦されたとはいえ、帰郷のハードルは高く、少なからぬ人たちが異境へと散っていった。アメリカや中国大陸に新天地を求めた者たちもいた。そして、彼らが持ち続けた会津藩士であった誇りと望郷の念は、子孫へと受け継がれていった。早乙女貢もその子孫の一人である。

早乙女貢は満州（現中国東北部）のハルビンで生まれた。だが二十歳のとき、日本の敗戦によって満州国は消滅し、異郷の地である日本に引き揚げてきた。彼もまた故郷喪失者なのである。だが、早乙女貢の血の中には、会津への思いが生き続けていた。賊軍の汚名を被せられた先祖の怨念をはらすという思いが、早乙女史観を形づくっている。明治政府による幕末維新史は欺瞞に満ちており、敗者の側にこそ真の正義があった、とする史観である。

「竜馬を斬った男」は、鳥羽伏見の戦いで負傷した佐々木只三郎が、紀三井寺《きみいでら》の塔頭《たっちゅう》滝之坊《たきのぼう》で命を終えたところで終っている。だがこの作品には続きがある。

東山温泉に近い愛宕山中の会津松平家奥津城《おくつき》の麓に「会津武家屋敷」が完成したのは、昭和五十年（一九七五）四月のことである。西郷頼母《たのも》邸を正確に再現し、その他会津藩と会津地方に関する資料館等を付設した施設である。そのオープニングに、当時「歴史読本」の編集長であった筆者は、「会津士魂」連載中の早乙女貢と一緒に招かれて参列した。

その年の夏のことである。和歌山在住の歴史作家神坂次郎《こうさかじろう》氏から連絡をもらった。紀三井寺の滝之坊に、佐々木只三郎の墓石が割れたまま放置されているというのである。さっそく早乙女貢に連絡すると、驚いて「ぜひ見に行こう」ということになった。滝之坊のご住職にお伺いしたところ、佐々木家の縁者が新しい墓石をつくり、壊れた古いものがそのままになっているのだという。

二十センチ角で高さ一メートルほどの石柱が斜めに二つに割れ、夏草に半ば埋まっていた。「佐々木只三郎之墓」とだけ刻まれた粗末な墓石であった。お布施を包んでご住職に供養をしてもらった。夏木立のなか、読経の声に和すように蟬時雨《せみしぐれ》が降りそそいでいた。その間、私たちは折れた墓石の前でじっと手を合わせていたが、藪蚊《やぶか》が容赦なくあちこちを刺した。

いまその墓石は、修復されて会津武家屋敷の一隅に立つ。佐々木只三郎の魂を父祖の墳墓の地に還してやりたい、という早乙女貢の強い願いによって、紀三井寺滝之坊と武家屋敷の了解のもとに移したのである。早乙女貢と筆者の二人で、それぞれ二つに割れた墓石を、紀三井寺の山中から担ぎ下ろした。その墓石の重さの記憶が、いまも肩にのこっている。

「若き天狗党」は、水戸天狗党の副将として起《た》ち、斬首された藤田小四郎《ふじたこしろう》を描く。幕末水戸藩の藩論を左右した藤田東湖《ふじたとうこ》の四男に生まれ、尊皇攘夷の理想のもとに筑波山に挙兵したが、死を前にして自らの愚挙に慙愧《ざんき》するところに、早乙女史観が色濃くにじむ。

「周作を狙う女」は、千葉周作《ちばしゆうさく》を親の敵と狙う女剣士の話。この一作だけが、幕末の政局と直接からまず、従って早乙女史観というほどの記述は見当たらない。

「ある志士の像」は、月形半平太《つきがたはんぺいた》を名乗り、勤皇の理想に燃えて尊攘派に身を投じた若者を描く。新選組は暴力集団であり志士たちこそが正義と信じていた半平太だが、長州尊攘派志士たちと交わり、その行動に疑問を持ち、結局は味方であるはずの志士に短筒で撃たれる。

「最後の天誅組」は、天誅組の挙兵と滅亡を、首魁の若き公卿中山忠光《なかやまただみつ》を通して描いている。政局に翻弄され、長州に利用され、挙句は厄介者扱いされて抹殺された忠光は、まさに虚仮《こけ》の存在だ。

「近藤勇の首」は、新選組局長の近藤勇《こんどういさみ》が、甲陽鎮撫隊を率いて官軍に抵抗しようとしたが、敗れて捕えられ、斬首されたのち首が梟《きよう》された顚末を記す。

「逃げる新選組」は、土方歳三《ひじかたとしぞう》が主人公だ。土方は狙撃されて負傷した近藤勇に代わって新選組を率いたが、鳥羽伏見の戦いに敗れる。江戸に戻って近藤と共に再起を期したが、近藤は捕えられ、土方は旧幕軍に身を投じて会津へと逃れた。さらに北海道箱館へと転戦し、五稜郭の戦いで壮絶な戦死をとげた。

ところで、以上七つの物語には、共通したもう一つのテーマが横たわっている。幕末維新の動乱期を駆けて壮絶に散った男たちのドラマであると同時に、その男たちを愛した女たちの物語にもなっているのである。もと佐々木只三郎の許婚《いいなずけ》で、その後只三郎を執拗につけ狙う亀谷喜助の妻ぬい、そして晩婚の只三郎の妻八重。藤田小四郎と相思相愛ながら、一夜の契りで別れなければならなかった香代。千葉周作を敵と狙いつつ、周作をかばって死んだ志津。月形半平太に心からつくした小里。中山忠光に一夜の宿と身を捧げたお久。梟された近藤勇の首を何とか奪って供養したいと願うお澄。土方歳三が、ただ一人だけ愛した女性おもよ。

「周作を狙う女」を除き、他の七編の男たちはすべて、時代の奔流に抗して若くして死んでいった者たちだ。そうした男たちを愛してしまった女たちの生は、せつなくかなしい。こうした女性像は、他の早乙女作品にも共通している。

会津武家屋敷にほど近い、会津松平家廟所のある愛宕山の中腹に、天寧寺《てんねいじ》という古刹が建つ。その裏山に、「貫天院殿純忠誠義大居士」の戒名と、丸に三引両の家紋が刻まれた墓碑がある。土方歳三が建立したという近藤勇の墓である。遺髪塚とも首塚ともいわれる。もし首が埋まっているなら、京の三条大橋のたもとに梟されていた首を誰かが奪って、会津で奮戦中の土方歳三のもとに届けたことになる。「近藤勇の首」の末尾に、その可能性が暗示されている。

天寧寺には、幕末の会津藩家老萱野権兵衛《かやのごんべえ》とその子である郡長正《こおりながまさ》の墓もあり、筆者も早乙女貢と共に何度も訪れた思い出の寺の一つである。新選組ファンの来訪も多く、最近は近藤の墓に千羽鶴や香華が絶えない。いま、その天寧寺境内に、「会津士魂の碑」と刻まれた大きな石碑が建つ。碑名は早乙女貢の揮毫《きごう》になるものだ。平成十五年(二〇〇三)集英社文庫『会津士魂』正続二十一巻の完結を期してこの記念碑が建てられたとき、少年のようにはにかみながらも、うれしさいっぱいだった氏の顔を、いまも忘れない。

＊　＊　＊

平成二十年(二〇〇八)十二月二十三日早暁、早乙女貢先生は入院先の鎌倉の病院で八十二年の生涯をひっそりと閉じた。奥様はすでに亡く、お子様はおられず、付き合いのある親族も一人としていなかった。最期を看取ったのは「士魂の会」の八人で、筆者もその一人である。

「士魂の会」とは、十月下旬に入院された早乙女先生を支援するために結成された会である。八人は、早乙女一座と呼ばれる先生を囲む会の中心メンバーで、二十年以上にわたって毎年九月の会津まつりに、先生と一緒に会津に行き続けてきた人たちだ。いずれも編集者や文芸評論家はじめ先生と親しかった人たちである。ちなみに筆者は、月刊

「歴史読本」の編集者として、連載三十年余におよんだ「会津士魂」を初めから担当し、単行本の編集にも携わり、退職後は文芸評論家として、文庫版『会津士魂』（十三巻）『続会津士魂』（八巻）の全巻にわたって解説を書かせてもらった。他の七人もそれぞれに先生とは深いつながりがある。

「士魂の会」は今後、早乙女先生の人と作品を顕彰していくと共に、先生の父祖の墳墓の地であり心の故郷である会津や鎌倉などゆかりの地に、墓碑や記念施設を設立するなどの活動をしていく予定である。

この作品は、一九八七年十月双葉文庫として刊行されました。

〈読者の皆様へ〉

本書の収録作品の中には「どもり」「白痴」などの身体・知的障害者に対する差別語や身分に対する差別語、また、これに関連した差別表現があります。これらは現在では使用すべきではありませんが、作品が発表された時代には、社会全体として、差別に関する認識が浅かったため、このような語句や表現が一般的に使われており、著者も差別助長の意図では使用していないものと思われます。また、著者が故人のため、作品を改変することは、著作権上の問題があり、原文のままといたしました。

（編集部）

S 集英社文庫

竜馬《りょうま》を斬《き》った男《おとこ》

2009年9月25日　第1刷　　定価はカバーに表示してあります。

著　者　早乙女《さおとめ》　貢《みつぐ》

発行者　加藤　潤

発行所　株式会社　集英社
東京都千代田区一ツ橋2-5-10　〒101-8050
電話　03-3230-6095（編集）
03-3230-6393（販売）
03-3230-6080（読者係）
印　刷　図書印刷株式会社

製　本　図書印刷株式会社

フォーマットデザイン　アリヤマデザインストア　　マークデザイン　居山浩二

Printed in Japan
ISBN978-4-08-746482-5 C0193